जाग तुझको दूर जाना

नमिता गोखले

अनुवाद

ऐश्वर्ज कुमार

वाणी प्रकाशन

प्रकाशन के उत्कृष्टतम 62 वर्ष

पेपरबैक पहला संस्करण : 2025

vaniprakashan.com

वाणी प्रकाशन

4695, 21-ए, दरियागंज, नयी दिल्ली-110 002

फ़ोन : + 91 11 23273167, 23275710

शाखाएँ

अशोक राजपथ, पटना-800 004, बिहार

कॉफ़ी हाउस कैम्पस, महात्मा गांधी मार्ग, प्रयागराज-211 001, उत्तर प्रदेश

महात्मा गांधी अन्तरराष्ट्रीय हिन्दी विश्वविद्यालय, वर्धा-442 001, महाराष्ट्र

sales@vaniprakashan.in
vaniprakashan@gmail.com

Jaag Tujhko Door Jaana
by Namita Gokhale
Translated by Aishwarj Kumar

ISBN : 978-93-6944-835-4
Novel

मूल्य : ₹ 350

जी.एस. ऑफ़सेट, दिल्ली-110 095 में मुद्रित

वाणी प्रकाशन का लोगो मक़बूल फ़िदा हुसैन की कूची से

पहाड़ों पर होती भारी वर्षा और बरसते पानी के ठीक विपरीत साफ़ आकाश और पर्वतों पर तेज सूर्य के प्रकाश से उभरती छवियाँ—यह उपन्यास लेखन की अनेक विधाओं के साथ प्रयोग करता है। इन प्राकृतिक छवियों के भीतर रिपोर्ताज, डायरी और रेखाचित्र की विधाएँ संवाद की अद्‌भुत योग्यता के साथ नये आकार लेकर उभरती हैं। सशक्त महिला पात्रों की बहुमुखी विशिष्टता जो आधुनिकता और पारम्परिकता दोनों के प्रभावी मिश्रण की तस्वीर है, इस उपन्यास में उन स्वरों को यथार्थवादी धरातल पर उतारने में नयी ईमानदारी का परिचय देती है।

बदलते सामाजिक एवं आर्थिक सरोकारों के भीतर भाषा के विकसित होते मापदण्ड पात्रों के स्वरों में अभिव्यक्त हुए हैं। उत्तर-आधुनिकता की शब्दावली के स्तर पर ये प्रयोग भाषा की जटिलता के इतर उनके प्रति ईमानदारी का भाव जगाने का सार्थक प्रयास बनकर उभरे हैं।

हम कह सकते हैं कि सतत और प्रभावी कथानक से निर्मित पात्रों की मानवीय संवेदनाओं एवं जीवन के एकाकीपन की चुनौतियों का सामना करती प्रधान पात्र की यथास्थिति के प्रति जो सहज स्वीकृति का भाव अकल्पनीय है, उससे उपन्यास बेउसूल दुनिया की कमियों की पहचान करते हुए आगे बढ़ने का सशक्त सन्देश देता है। इसमें कोई सन्देह नहीं कि अंग्रेज़ी भाषा से अनूदित यह उपन्यास भारतीय सन्दर्भ के भीतर रची-बसी संस्कृति को हिन्दी पाठकों तक पहुँचाने में रचनाशीलता के कई स्तरों को प्रभावित करेगा।

अपने अछूते कथ्य और विरल आस्वाद के कारण यह एक बहुमूल्य कृति है *जाग तुझको दूर जाना*।

दो शब्द

यह महज़ अनूठा संयोग और बहुमूल्य अनुभव था, जब मैं नमिता गोखले जी से पहली बार एक चर्चा में मिला। उनके साथ आरम्भिक मुलाक़ात में ही अनुवाद और उसके सरोकारों के बारे में उपयोगी बातचीत हुई। लेकिन जब उन्होंने अपने अंग्रेज़ी उपन्यास 'नेवर-नेवर लैण्ड' का अनुवाद करने का प्रस्ताव रखा तब मैंने हिचकिचाते हुए उसे सकारात्मक चुनौती समझकर स्वीकार किया। उपन्यास पढ़ते ही मुझे अन्दाज़ा हो गया कि चुनौती का स्वरूप बहुमुखी है। कहानी और उसके पात्रों की भाषा पढ़ने के बाद उनका अंग्रेज़ी भाषा पर अख़्तियार बेहद प्रभावी महसूस हुआ। इसलिए इस उपन्यास का हिन्दी में अनुवाद करना किस हद तक चुनौती का सबब बनेगा, यह तथ्य भी स्पष्ट हो गया।

उपन्यास की भाषा के विविध पक्षों में से यहाँ मैं दो पहलुओं पर ध्यान खींचना चाहता हूँ। पहला, कहानी के सभी प्रधान चरित्र महिला होने के कारण मैंने निश्चय किया कि मैं पूरा प्रयास करूँ कि सभी महिला पात्रों के स्वरों को पुरुष प्रधान स्वरों से वंचित रखूँ। दूसरा, उपन्यास में प्रयुक्त ऐसे कई शब्द थे जिनके अर्थ अवधारणात्मक और वैश्विक समुदायों में रचे-बसे थे; उदाहरण के लिए ट्रड वाइफ़, जेन ज़ी और नोहा आर्क की कहानी जो ओल्ड टेस्टामेंट में शामिल हैं। ऐसे शब्दों का सांकेतिक और प्रतीकात्मक इस्तेमाल और फिर उन्हें हिन्दी में अनुवाद करना मेरे लिए ख़ासी चुनौती का सबब बना। इसलिए यह बेहद ज़रूरी महसूस हुआ कि शब्दों के सटीक अर्थ प्रयोग किये जायें ताकि भाषा का व्यावहारिक

रूप बना रहे। इस संघर्ष में यह अनुवाद कितना सफल हो पाया, इसकी ज़िम्मेदारी मैं अब पाठकों पर छोड़ता हूँ।

शब्दों के कई मायनों को जानने के लिए यदि मैं अपनी मित्र और संगिनी सुभद्रा सान्याल का ज़िक्र ना करूँ तो यह अनुचित होगा। साथ ही, मेरी बेटी शुभलक्ष्मी ने कई अंग्रेज़ी के प्रयोगों पर अपने निजि अनुभवों को साझा किया। दोनों ने समय-समय पर मेरे साथ शब्दों और सांस्कृतिक पृष्ठभूमि पर गहरी चर्चा की और मुझे कई बार उचित दिशा में सोचने के लिए मुनासिब सहारा दिया। उनका मैं दिल की गहराइयों से धन्यवाद करता हूँ। पुस्तक को अन्तिम रूप देने के लिए मैं वाणी प्रकाशन की अदिति माहेश्वरी जी का विशेष आभार व्यक्त करता हूँ। मेरा विशेष धन्यवाद।

—ऐश्वर्ज कुमार

अनुक्रम

1
प्रस्थान

धूसर गुदड़ी आकाश और हवा ज़हरीली और हमेशा की तरह उमसदार। दिल्ली के बादल धोखा हैं। मुझे बताया गया कि ऐसा समय था जबकि विशालकाय स्याह, सौम्य बादल आसमान से राहत बरसाते और शहर हफ़्तों गीला और ठण्डा रहता था। सब कुछ साफ़ निखर आता था। प्यार और मादकता जैसी बातें क़रीबी प्रतीत होने लगती थीं। वैसा अनुभव मेरा नहीं रहा है।

गुड़गाँव में जाकर–इसे गुरुग्राम पुकारना, यह मैं कभी नहीं कर सकती–इसने विश्वासघात के बहुसंख्यक घावों को उकेरा है। साइबर सिटी के कुछ आगे मैं किराये के एक कमरे में अकेली रहती हूँ। मेरा कमरा घर की तीसरी मंज़िल पर है जिसमें कोई लिफ़्ट नहीं है।

मैं अपने कमरे की खिड़की से कोई पेड़ नहीं देख सकती, सिर्फ़ धूसर आसमान और शीशे की ऊँची इमारतें जो आँखों को पीड़ा पहुँचाती हैं। मेरी मकान मालकिन कुत्तों से बहुत प्यार करती हैं। खट्टे दूध और बासी पावरोटी की स्थायी गन्ध से मुख्यद्वार की पहचान होती है। लेकिन मेरा कमरा बढ़िया है–मैंने इसे सुन्दर बनाया है–वाई-फ़ाई सम्पर्क भी सटीक है।

जब साउथ पोल बुक्स ने अपने भारत स्थित दफ़्तर को बन्द करने का निर्णय लिया, उसके बाद गर्मियों में मेरी नौकरी छूट गयी, तब से मेरे लिंक्डइन की रूपरेखा मुझे स्वतन्त्र सम्पादक बताती है। अब मैं पाण्डुलिपियों की प्रूफ़ रीडिंग और कभी-कभी कॉपी एडिटर का काम

करती हूँ। साथ ही, मैं कुछ छोटे-मोटे लेखन के काम आयें तो कर लेती हूँ। मैं एक उपन्यास लिखने का प्रयास कर रही हूँ। मैं पढ़ती हूँ। मैं अकेली हूँ। सच कहूँ तो मैं बर्बाद हूँ।

मैं अपने स्कूल वॉट्सएप समूह के किनारों पर रेंगती रहती हूँ। हमारा वर्ष यानी 1982 की कक्षा, सेंट डोलोरोज़ा कॉन्वेंट। वास्तव में इसका नाम मेटर डोलोरोज़ा कॉन्वेंट था जब मैं वहाँ पढ़ा करती थी। हमारी दुखान्त भद्रमहिला। हमारे विद्यालय से पास हो जाने के बाद उन्होंने विद्यालय का नाम बदलकर सेंट डोलोरोज़ा रख दिया और फिर आठ वर्ष पहले उन्होंने इसे सहशिक्षा केन्द्र बना दिया। उन्होंने फ़ीस बढ़ा दी और इंडोर स्टेडियम बनाया।

मेरे स्कूल के दोस्तों के भीतर जगत् के सरोकारों के प्रति कोई चिन्ता प्रतीत नहीं होती थी। वे अनर्गल अपने बच्चों, अपनी विदेशों में बितायी छुट्टियों (महामारी के बाद कुछ कम) और निरर्थक बातों के फ़ॉरवर्ड जो तथ्यों की बुनियाद पर निराधार प्रतीत होते, उन्हीं को निरन्तर बड़बड़ाते रहते (ऐसा नहीं कि इससे उनको कोई फ़र्क़ पड़ता)।

रवायती बीवियाँ[1] पारम्परिक जीवन बिता रही हैं। पारिवारिक तस्वीरें। वीडियो। उनके बच्चे, उनके पोते-पोतियाँ और उनके हरे-भरे बाग़ जिनके पास वे होंगे। जीवन के दूसरे स्तर पर पालतू जानवर और भतीजियाँ और भतीजे। कभी-कभी शोक-सन्देश जो परिवार के सदस्यों से लेकर, पालतू पशुओं, माता-पिता और भाई-बहनों के बारे में होते हैं। रोते हुए इमोजी चेहरे, उभरी भौंओंवाला पीला चेहरा और ग़ुस्से से नीले आँसू का एक क़तरा बहाते हुए अथवा हृदय विदारक इमोटीकॉन...बू...हू...

इनके जीवन अवकाश और सलामती एवं पारिवारिक सुरक्षातन्त्र की दुर्गन्ध मारते हैं। वे छुट्टियों और अपने घरों की तस्वीरें भेजते रहते हैं।

1. रवायती बीवी से अभिप्राय वे पत्नियाँ हैं जो वर्तमान समाज में शादी के बाद नौकरी-पेशा में न जाकर घर की ज़िम्मेदारियों को पूरा करती हैं। वे घरेलू कामकाज अथवा पति की सभी घरेलू ज़रूरतों को ध्यान में रखकर कार्य करती हैं अथवा पति के प्रति अधीनता का भाव प्रमुख रहता है।

फिर भी वे एक-दूसरे के प्रति चिन्ता और सहानुभूति रखते हैं। वे वास्तविक जीवन जीते हैं। वे महज़ परछाइयाँ नहीं हैं। क्या उनको मेरे अन्दर समाहित इस बेमानी, क्रूर आक्रोश, कड़ुवाहट के बारे में पता है?

वर्षों से या सच कहूँ तो दशकों से मेरा आमने-सामने आकर मिलना, इनमें से किसी के साथ नहीं हुआ है। कितने साल हो गये जब हमारी ग्रेजुएशन पार्टी हुई थी? चलो, क्यों न हम सब पच्चीस सालों के बाद मिलें, मैंने अपनी जिगरी दोस्त बल्कि मेरी एकमात्र दोस्त अनीता शिवदासानी को कहा था। वह खिलखिलायी थी और उसके होंठ से थूक की बूँद टपककर मेरे ऊपर पड़ी थी। मैंने उसे अनदेखा कर दिया।

हम उसके माता-पिता के अमेरिका चले जाने के बाद नहीं मिले थे। उसने मुझे दो एक पोस्टकार्ड भेजे और जिस दिन वह पच्चीस वर्ष की हुई उसने अपना जीवन समाप्त कर लिया। उसकी माँ ने इस आग्रह के साथ डेनवर से एक पत्र लिखा था कि अगर मेरे पास उनकी बेटी की कोई तस्वीर हो तो मैं उसे भेज दूँ। मेरे पास उसकी एकमात्र छवि थी जिसे मैंने उन्हें भेज दिया था। अनीता और मैं स्कूल मैदान में अपनी हथेलियों के आकार जितना प्याला लिये खड़ी हैं। हम थ्री-लेगेड दौड़ में दूसरे स्थान पर आये थे। तब हम सातवीं कक्षा में पढ़ती थीं।

सन् 1982 की, वे लड़कियाँ जो आपस में मज़ाक करतीं, पहेलियाँ बुझातीं और तनावों को साझा करतीं, उनमें से अधिकांश का अस्तित्व बहुल और विविध प्रतीत होता था—नोहा के आर्क का आभास देता था, जहाँ दो विपरीत लिंग के पशु के जोड़े एकदम आपसी बराबरी के अन्तर से चल रहे हों। लेकिन उनमें अरुणा भी थी जो विधवा थी। अनहिता जिसने कभी शादी नहीं की, और सीता एवं सुनीता बिन्दास भल्ला बहनें, जो शायद आस्ट्रेलिया जाकर बस गयी थीं। यह समूह लगभग पैंतालीस औरतों का समूह था और मेरी तरह ये सभी पचास वर्षों के बीचोबीच पहुँच चुकी थीं।

पिछले हफ़्ते, समूह की प्रबन्धक दया वासवानी की ओर से सन्देश था कि मानो जैसे वह बड़े लाउडस्पीकर से चिल्ला रही हों, "ऐ लड़कियो!

ऐसा लगता है कि तुममें से कुछेक ने ग्रुप में जवाब लिखना छोड़ दिया है, जैसेकि समूह का हिस्सा नहीं रहना चाहतीं। कोई प्रतिक्रिया नहीं, विकल्प के चिह्नों में से न कोई पसन्द का चिह्न, हृदय संकेत या इमोजी भी नहीं। प्रतीत होता है कि सीता, सुनीता, इति, रेणु, पिया, सरिता तो हमारे समूह से नदारद हो गयी हैं। अपनी सदस्यों का हाल जानने के लिए मैंने निचले सन्देशों को देखा तो प्रतीत हुआ कि तुम सब चुप्पी साधे और उदासीन हो। कृपया इस सप्ताह के भीतर ही सम्पर्क करें अन्यथा यह बेहतर होगा कि तुम सब इस दल से बाहर चली जाओ।"

यह अकस्मात् आकाश से वज्रपात था। मैं समूह को छोड़ नहीं सकती थी। मैं समूह को नहीं छोड़ूँगी। एक तरह से, यही मेरे सब कुछ थे, मेरा अपना ख़ुद के साथ सम्पर्क। दया का यह मूर्ख सन्देश भेजना उसकी क्रूरता दिखा रहा था। वह हम सब पर चाबुक चला रही थी। ख़ैर, मैंने ठान लिया कि मैं चिल्लाऊँगी नहीं। मैं जवाब दूँगी और रेंगकर समूह में लौट आऊँगी। वे मेरे आभासी परिवार हैं, मेरे ख़ुद के लिए मेरा दर्पण हैं।

मैंने तय किया कि जवाब देने के पहले मैं एक दिन का इन्तज़ार करूँ। तब सप्ताहान्त था और मैं उस पाण्डुलिपि पर काम करने लगी जिस पर मैं काम कर रही थी। वह संवेदनहीन, उबाऊ लेखन था। पर या शायद इसलिए, इसको व्यवस्थित रूप देने के लिए मुझे काफ़ी रुपये मिले थे।

दूध खट्टा हो गया था और कॉफ़ी जो मैंने अपने लिए बनायी थी, उसका स्वाद उल्टी जैसा लग रहा था। मैंने सिपाही की तरह कन्धे-से-कन्धा मिलाते हुए काम को आगे बढ़ाया। वर्तनी और व्याकरणिक काल की अशुद्धियों को दुरुस्त करना, छूटी हुई कड़ियों को जोड़ना, अधूरे बिन्दुओं को पूरा करना जारी रखा। यह उपन्यास की इकहरी आड़ में आत्मकथात्मक उपन्यास था, जिसे मैंने टूटे दिल के भाव को हृदय और बहादुरी के अभाव में लिखा, जो सच्चाई के आभास से दूर था। मैं इससे ज़्यादा बेहतर लिख सकती हूँ। फिर मैंने लिखा क्यों नहीं?

मैंने सोमवार को अन्तिम चेतावनी का उत्तर दिया, "हैलो दया! गुड मॉर्निंग लड़कियो!! मेरे इस मौन व्रत के लिए मुझे माफ़ करें, यह काफ़ी

व्यस्त समय रहा है और मैं उलझी रही। वादा करती हूँ कि अब नियमित जानकारियाँ भेजूँगी!"

फिर मैं दूसरी वर्तमान समस्याओं की तरफ़ लौट आयी। दूध नहीं है। मैं वीगन बन जाऊँगी। कोई काम नहीं है। मैं प्रकाशक एजेंसी को 'प्रोमिसिस टू माईसेल्फ़' नामक उपन्यास जमा कर दूँगी जिसने मुझे यह कार्य अधिकृत किया था। इसका पहला मसौदा निम्न स्तर का था जिसको मैंने किसी तरह पैवन्द करके बाँधा था। बतौर सम्पादक मुझे मालूम था कि यह बँध नहीं पाया है, लेकिन चाहे जैसा भी हो, मैं इसे प्रकाशक के पास भेजूँगी। ढेरों ख़राब पुस्तकें छपती थीं और उनमें से कुछ तो कामयाब भी होती थीं।

मैं दो प्रकाशक घरानों को ई-मेल लिखूँगी, अगर वे मुझसे कॉपी एडिटिंग का कुछ और काम करवाना चाहते हैं तथा ऐसा लगता है कि उन्हें मेरी सेवाओं की ज़रूरत है। मैं अच्छी सम्पादक हूँ–मैं यह कहने से संकोच नहीं करती हूँ। यह अलग बात है कि जब मैं अपना रचनात्मक लेखन करने बैठती हूँ, तब पृष्ठ अस्त-व्यस्त होकर फैल जाते हैं।

मैं अपने नये उपन्यास पर काम करूँगी। इसका नाम होगा 'Hype Reality'. यह शीर्षक महज़ अभी के लिए है। यह किसके बारे में है? मुझको नहीं मालूम, मैं वास्तव में इसके बारे में कुछ नहीं कह सकती। मैं साहित्यिक एजेंट को कहूँगी कि मैं इसके बारे में अभी कोई बातचीत करना नहीं चाहती हूँ। कहानी को ख़ुद विकसित होने दें या कहानी की कमी को; मैं सोचती हूँ, लेकिन उससे कहूँगी नहीं। वैसे भी उनका कद इतना बड़ा हो चुका है कि मुझे छोड़कर आगे बढ़ सकते हैं।

मैं अब किसी भी बात के बारे में अनिश्चित महसूस करती हूँ। गुड़गाँव मुझे मेरे पाँव के नीचे की ज़मीन का एहसास नहीं कराता। और यहाँ तक कि यह न आधुनिक है और ना ही शहरी। बस धूल-धूसरित, कीचड़ में खड़ी एक के ऊपर एक चढ़ी झुग्गियाँ हैं। कम से कम उसके जिस हिस्से में मैं लटकी पड़ी हूँ। चाहे वह ब्रह्माण्ड से परे की आभासी दुनिया के लिए हो।

मैं छनी हुई हवा में साँस लेती हूँ, और मेरे सभी रिश्ते आभासी हैं। इसमें कोई नुक़सान नहीं है। यह वास्तविक रिश्तों से बेहतर हैं। भले ही कहीं-न-कहीं कई अर्थों में बहकाने वाले हैं। वह दिन आयेगा जब मैं अपने आप को अन्दर बन्द कर लूँगी और फिर कभी बाहर नहीं जाऊँगी। उन्हें दरवाज़ा तोड़कर अन्दर आना पड़ेगा। पेशाब और पखाने की गन्ध से बचने के लिए नाक और मुँह पर कसकर रूमाल बँधे होंगे। यह किसी के साथ भी हो सकता है। हम सभी एक सूक्ष्म रेखा पर चलते हैं।

क्या मैं चली जाऊँ? मैं कैसे जाऊँ? मैं कहाँ जाऊँ?

उस रात यह बात मेरे मन में आयी। घर की याद आयी। मैंने पर्वतों को सपने में देखा जिन पर देवदार के नुकीले पेड़ उगे हैं और कानों में हवा की सरसरहाट सुनाई दी। मैं अगली सुबह उठी, अपना बैग बाँधकर कुमाऊँ जाने के लिए चल पड़ी। डाचा गाँववाले मकान जाने के लिए। जहाँ से सब कुछ शुरू हुआ।

2
पहाड़ों की पुकार

एक लड़की। एक औरत। एक बूढ़ी औरत। दो बूढ़ी औरतें। ठण्डी पर्वतों की ठण्डी हवा। बारिश और नमी। घूमती पृथ्वी।

बर्फ़ीले निवास हिमालय वह लौट आयी थीं। यह अगस्त का महीना था और नदियाँ उफ़ान पर थीं। नये बने हुए राजमार्गों पर पर्वत बेधड़क चट्टानों से प्रहार कर रहे थे। बारिश से सराबोर गाड़ियाँ इकलौती पंक्ति में रेंग रही थीं। लोग आने वाले स्वतन्त्रता दिवस के लम्बे सप्ताहान्त में बाहर जाने के लिए निकल रहे थे। या फिर कुहासे और धुन्ध के बीच शरण लेने के लिए वापस भाग रहे थे। इन दूसरे तरह के लोगों के भीतर, इति आर्या अपने पुश्तैनी ग्राम्य घर डाचा में अपनी नानी से मिलने लौट रही थी।

जब वह छोटी थी तब इति ने सुना था कि पर्वत बोलते हैं या कहें कि वह ऐसी कल्पना करती थी। मानो पर्वत बुद्धिमान लम्बी दाढ़ीवाले बूढ़े मर्दों की तरह चारों तरफ़ से घेरे बातें बता रहे हैं, "हमारी बात सुनो।" नीचे की ओर झुकते और फुसफुसाते थे। "इस तुषार-वर्षा के बीच या बर्फ़ और बारिश में हम तुम्हारे साथ हैं, भयभीत मत होना।"

उसकी दमकती आँखें अचम्भित होकर पूछतीं, "गरमी के दिन और महीने कब आयेंगे?"

उनमें से एक पर्वत अपनी दाढ़ी को सहलाते हुए विचारवान मुद्रा में जवाब देता, "सूरज की अपनी अलग कहानी है," उसने जवाब दिया, "उसके बात करने के अपने तरीक़े हैं। उन्हें तुम सबसे अच्छी तरह दिन के मध्य में सुन सकती हो। जब वे अपनी प्रतिच्छाया नहीं बनाते।"

इति ने बुद्धिमान व्यक्ति के साथ हुई बातचीत के बारे में नानी को बताया था। बड़ी अम्मा ने बिना किसी हाव-भाव के बात को सुना और फिर सिर हिला दिया। "तुम्हें ध्यान से सुनना चाहिए जब पहाड़ तुमसे बात करते हैं।" उन्होंने इति के गुदगुदे गालों को सहलाते हुए कहा, "वे सभी लोगों से बातें नहीं करते। ये बातें अपनी अम्मा को मत बताना, वह ये सब कुछ नहीं समझेगी। सबको सब कुछ बताने की कोई ज़रूरत नहीं है।"

इति अपनी नानी को उन पुराने दिनों की, सभी बीते दिनों की बातें बताती थी। अब नानी माँ की उम्र नब्बे साल थी। शायद थोड़ी ज़्यादा भी। वह अपने पुराने मालिक के साथ रहती थी। उनका गाँववाला मकान ताले से सुरक्षित बन्द था जो खाता खुमानी में लगभग एक घण्टे की दूरी पर था। उनकी दो गायें गोरी और गौराली को उनके क़रीबी पड़ोसियों के पास बतौर अमानत रखा गया था, जो वहाँ से थोड़ी दूरी पर रहते थे।

टैक्सी ऊपर की ओर ऊँचे पहाड़ पर चढ़ गयी और रोज़िंका के कॉटेज पर उन्हें उतार दिया। हालाँकि यह जगह उनकी बसी यादों में धुँधली पड़ गयी थी लेकिन अब जो वह देखने जा रही थी। उसका सामना करने के लिए ज़िन्दगी ने उसे बिल्कुल तैयार नहीं किया था।

बारिश रुक चुकी थी और सूरज निकल आया था। प्रकाश पारभासी था और कंकड़ों के रास्ते पर बारिश की बूँदें ऐसे थिरक रही थीं मानो उत्सव में अप्सराएँ दीपक बिखेर रही हों। इति टैक्सी और बड़ी अम्मा के बारे में भूलकर बग़ीचे में पड़ी लकड़ी की बेंच पर, जो शायद उसके लिए ही रखी प्रतीत होती थी, बैठ गयी। बादल तैरते हुए नीचे वादियों से गुज़र रहे थे और उसकी आधी दूरी पर आर-पार धुँधली परतें नाच रही थीं। आसमान में दोहरा इन्द्रधनुष उसका अभिवादन, स्वागत करते हुए उसे बता रहा था कि वह घर आ चुकी थी।

टैक्सी चालक जो हरियाणा का नौजवान लड़का था, उसने अपने इर्दगिर्द की सुन्दरता को अन्तर्लीन किया। उसने अपनी सवारी, जो अर्धचेतन अवस्था में जा चुकी थीं, उनके लिए कोई ख़लल पैदा नहीं किया।

एक बूढ़ी महिला उसका स्वागत करने के लिए आगे बढ़ी। उनके कदमों में उछाल थी। वे मोटे ऊनी शॉल जिसके किनारे झालरों से सजे थे, लपेटे हुई थीं। दोनों ने एक-दूसरे को गले लगाया।

एक अन्य महिला प्रकट हुई। वह अल्युमिनियम वॉकर की मदद से धीरे-धीरे सँभलकर चल रही थी। उसकी सवारी ने झुककर उनके चरण स्पर्श किये।

घर चारों ओर से बरामदे से घिरा था जिसके भीतर टैक्सी चालक ने सामान लाकर रख दिया था, लगता था इसके बारे में औरत भूल गयी थी। ख़ूबसूरत नौजवान लड़की ने आगे बढ़कर चाय का प्याला दिया। उसके सुनहरे बाल और नीली आँखें थीं। वह उसकी ओर आकर्षित होकर उसे घूरने लगा।

इस टैक्सी का भुगतान दिया जा चुका था। लगता नहीं था कि सवारी का मन चालक को बख़्शीश देने का था। उसने काग़ज़ पर हस्ताक्षर किये और अधूरी-सी मुस्कान दी। वह चला गया। उसने निश्चय किया कि इस जगह के बारे में कुछ अजीब है। यह जगह प्रेत आत्माओं के चंगुल में है—जैसे कोई भूत बँगला है।

उस रात को, इति ने अपने पहुँचने की यात्रा को पत्र में दर्ज किया।

मेरी परदादी, बड़ी अम्मा मुझे देखकर मन ही मन ख़ुश थीं। हालाँकि उन्होंने ज़्यादा कुछ नहीं कहा, लेकिन मैं उनके पपड़ियाते हाथों के कोमल दबाव की जकड़न से यह एहसास कर सकती थी। मैंने उन्हें लगभग एक दशक से नहीं देखा था। मैं अपने आप से ही भाग रही थी और मैंने अनदेखा और लावारिस छोड़ दिया था, लेकिन उनकी मेहनत से घिसे हाथों के छूने से सालों के फ़ासले कम हो गये थे।

बड़ी अम्मा ने घर की नौकरानी के रूप में—झाड़ू-पोंछा, सफ़ाई, खाना पकाना किया था। वह श्रेणी व्यवस्था में धीरे-धीरे ऊपर उठती रहीं जब तक कि उनका पद अपनी स्वामिनी रोज़िंका पॉल सिंह के लिए किसी पहाड़ी बाँदी जैसा नहीं बन गया।

मुझे इस बात से शर्मिन्दगी और निरादर महसूस होता था जब मैं सहूलियत के रूप में अपनी प्यारी परदादी को महिमामण्डित गृह-सेवक सोचती थी। इसके बावजूद आज जब मैं पीछे मुड़कर देखती हूँ तो महसूस करती हूँ कि यह उससे भी अधिक सामाजिक संरचना और वर्ग के जटिल मैत्रीभाव की कहानी भी है।

रोज़िंका एक सौ दो साल की हैं। हट्टी-कट्टी, हँसमुख और अपनी उपस्थिति के बारे में कोई व्यर्थभाव नहीं रखतीं। बड़ी अम्मा उनसे क़रीब दस साल या बारह या आठ साल छोटी हैं। बिल्कुल ठीक-ठीक कहना कठिन है। रोज़िंका उन्हें लिली बुलाती हैं। हालाँकि उनका नाम लीला था लेकिन घरवाली की अपेक्षा लिली बेहतर था। दोनों ही बतौर जोड़ी अपनी उम्र के हिसाब से अच्छे दिखते थे और स्मृति और वर्तमान दोनों में ही उपस्थित रहकर एक तरह की शाश्वता प्राप्त कर चुके थे।

शायद मुझे उनकी यादों को संगृहीत करना चाहिए। यकायक मुझे एहसास हुआ कि यहाँ पर इंटरनेट का सम्पर्क उपलब्ध नहीं है। मेरे फ़ोन ने शिकायती अन्दाज़ में मुझे देखा। कोई सोशल मीडिया नहीं है। कोई ई-मेल नहीं है। सिर्फ़ शान्ति और मेरी खिड़की से बाहर उल्लुओं की आवाज़। शायद यह पत्रिका ही मेरी साथी रहेगी। ऐसे में क़लम की ओर लौटने का कुछ आराम महसूस हुआ, हालाँकि इसका संकेत कीबोर्ड से हुआ।

शुभ रात्रि, प्रिय डायरी। मैं तुम्हें सन्देश भेजती रहूँगी।

3
धूप-छाँव

तंग सीढ़ियों के ऊपर उसके सोने का कमरा था और उसके साथ बालकनी थी जहाँ से घाटी दिखाई पड़ती थी। खिली धूप और बर्फ़ीली चोटी के मंज़र से इति की आँख खुली। दूर नन्दा देवी की जगमगाहट और अन्य ऊँचाइयों का विराट दृश्य था। मानसून से मिलने वाली राहत बहुत देर तक नहीं रही और जल्द ही बादलों ने चिढ़ाते हुए बर्फ़ को अपने पीछे छिपा लिया। बाग़ीचे में हल्की फुहार पसर गयी। इति कॉफ़ी की तलाश में नीचे आ गयी।

एक जवान लड़की, जिसके लम्बे सीधे बाल ब्लीच किये हुए सुनहरे थे और जो पूरी तरह जनरेशन ज़ी (जेन ज़ी) का प्रतीक लग रही थी, रसोई में बैठी हुई किताब में लीन थी। जब टैक्सी चालक आया था तब उसके लिए चाय यही लड़की लायी थी। उसकी नीली आँखों ने इति की जिज्ञासु आँखों को उत्तर दिया। उसने मेहमान का अभिवादन शान्त-संयम भाव से किया। "सुप्रभात" उसने कहा। "मैं नीना हूँ। मैं बड़ी अम्मा की पोती हूँ।"

यह कैसे हो सकता है? इति को तो बचपन से लेकर अब तक यही बताया गया था कि उसकी माँ विधवा बड़ी अम्मा की इकलौती सन्तान है। उसे किसी और चचेरे भाई-बहन वग़ैरह के बारे में मालूम नहीं था। नीना झूठ बोल रही थी या भ्रमित है।

इति ने अपने आश्चर्य को ढक लिया। नीना की तरफ़ बढ़कर चूमते हुए ख़ुशी से कहा, "तब तो हम चचेरी बहनें हुईं!" नौजवान लड़की ने

भी जवाब में चुम्बन दिया और उसके होंठ को दाँतों तले दबा दिया। वह उन्हें उदासीन भाव से दबाती रही।

नीना के इस व्यवहार से इति का ग़ुस्सा भीतर से भड़का और वह झल्लायी। यह उसका घर था और बड़ी अम्मा उसकी नानी थीं। वह इस दख़ल से रोष में थी।

उसने कटूतापूर्ण अन्दाज़ में कहा, "मुझे तुम्हारे सुनहरे बाल पसन्द हैं, लेकिन यह नीले कॉनटेक्ट लैंस पहनने का क्या नाटक है?"

"हरेक भावना का रंग होता है," नीना ने निष्पक्ष भाव से उत्तर दिया। इस हफ़्ते मैं नीले रंग जैसा महसूस कर रही हूँ तो इसलिए मैं ख़ुद को ऐसा दर्शा रही हूँ। अगर मैं अपने बाहरी भेष को दुरुस्त कर सकूँ, तब मैं अपने अन्तर्मन को तलाश सकती हूँ। यह नुमाइन्दगी के बारे में है।

कुछ क्षणों के लिए इति चकरा गयी और फिर उसे अनुभूति हुई कि वह नौजवानों से कितना घृणा करती है। दम्भी, अनभिज्ञ लेकिन सोचेंगे कि सब कुछ जानते हैं। उसने अपने भीतर के सम्पूर्ण द्वेष को, जो कुण्डली मारे था, उसको बाहर खींचा। फिर मुस्काराये बिना कहा, "मैं आशा करती हूँ कि तुम्हारा नीला सप्ताहान्त जारी रहे।" नीना ने जवाब में शान्त मुस्काराहट बिखेर दी।

इति ने वंश-वृक्ष को याद करने का प्रयास किया। बड़ी अम्मा के पति का स्वर्गवास हो चुका था जब वह सिर्फ़ उन्नीस साल की थी। वह पहाड़ी पर स्लेटी पट्टीदार छत से बनी कुटिया में रहती थीं और रोज़िंका के यहाँ दिन के दौरान घरेलू सहायक के तौर पर काम करती थीं, इनके पास उन दिनों नौकर-चाकरों का बड़ा समूह काम करता था।

इति की माँ एक वर्ष की थीं जब उनके पिता जी स्वर्गवासी हो गये। बड़ी अम्मा की बड़ी बहन भी विधवा थीं और उन्होंने यहाँ आकर बच्चों के पालन में हाथ बँटाया। रोज़िंका ने बच्ची पर नज़र रखी और इसका ध्यान रखा कि वह पढ़ना और लिखना सीखे। जब इति की माँ की उम्र नौ साल हो गयी तब उन्हें सेंट एन.के. मिशनरी स्कूल, जो भौवाली के नज़दीक था, वहाँ भेजा गया। इसके बाद उन्हें बरेली के नर्सिंग कॉलेज

में भेजा गया जहाँ उनकी मुलाक़ात इति के पिता शैलेश आर्या से हुई जो स्वयं देहरादून के गढ़वाली थे और दवाइयों की दुकान में विक्रेता थे।

इति बहुत समय तक ठीक से याद नहीं कर पायी कि उसकी माँ कैसी दिखती थी। उसे सिर्फ़ याद पड़ा उनकी आवाज़ में बैठी घबराहट, जब वह कभी लोगों से मुख़ातिब होती तब अत्यधिक संकोची रहती थीं, मानो वह सदैव लोगों की नज़रों से अदृश्य अथवा उनका सामना करने से बचना चाहती थीं। उनके बचपन में वह कौन सा आघात था जिसने उनको ऐसा बना दिया था, इति के मन में जब यह जिज्ञासा पैदा होती, तब अपनी माँ के प्रति दुर्लभ तरस उसके हृदय में उमड़ता था।

4
पहाड़ों पर वर्षा

नीना कौन हो सकती है? मेरी माँ के भीतर वह बात नहीं थी कि वह रहस्यमय ढंग से जीवन बिताती। मैं उनके बारे में जो नहीं जानती हूँ, वह नहीं जानती क्योंकि कभी वास्तव में मैं उनके बारे में जानना चाहती नहीं थी।

मेरी माँ ने अपने विवाह उपरान्त बड़ी अम्मा से सम्बन्ध काट लिया था। उन्हें अपनी माँ के सिर्फ़ मामूली नौकरानी के अस्तित्व पर अत्यन्त शर्मिन्दगी थी। लेकिन रोज़िंका ने दृढ़तापूर्वक प्रत्येक वर्ष एक बार आने के लिए ज़ोर दिया था।

पहाड़ों की वे यात्राएँ मेरी यादों में उलट-पुलट होकर लम्बे स्वप्न में बदल गयी हैं, जो कभी-कभी दु:स्वप्न बन जाती हैं। रोज़िंका द्वारा मेरी माँ पर यह सुनिश्चित होने का नतीजा था कि रुड़की में वह अपने नर्सिंग होम से छुट्टी लेकर हर गर्मियों में मुझे मेरे स्कूल से डाचा में छोड़ें। उन दिनों इस घर को 'द हाइडवे' कहा जाता था–यह नाम रोज़िंका के पति पीटर पॉल सिंह ने दिया था।

पीटर पॉल सिंह का देहान्त युवा अवस्था में हुआ, ठीक जैसे मेरे नाना की मृत्यु हुई थी। उनके दुनिया से गुज़रने के बाद कभी किसी ने कोई ज़िक्र नहीं किया, जैसेकि उनका कभी कोई अस्तित्व ही नहीं था। वे छोटी-सी सम्पत्ति के उत्तराधिकारी थे, जिन्होंने चित्र बनाये, और वर्ष में दो बार आधे बीघा सीढ़ीदार खेत जोतते थे। रोज़िंका और लिली ने अपना जीवनयापन जारी रखा। रोज़िंका की आला रूसी वंशावली की स्मृति में घर का नाम बदलकर 'द डाचा' रखा गया था। लेकिन ग्रामीणों में

इस नाम को लेकर असमंजस पैदा हुआ और वे इसे 'चाचा' कहकर सम्बोधित करने लगे। आज तक इस नाम से इसे पहचाना जाता है।

मेरे पिता का देहान्त भी पहले ही हो चुका था। किसी को मालूम नहीं यह कैसे हुआ। अफ़वाह थी कि वह रुड़की नहर में डूब गये थे। साथ ही यह अफ़वाह भी थी कि उन्होंने तिब्बती औरत के साथ सम्बन्ध बना लिया था और महेन्द्रनगर के सीमावर्ती क़स्बे में मोमो का खोखा चलाते थे। मैं खाता खुमानी में क़रीब दो महीने बाद पैदा हुई थी। वे बड़ी अम्मा थीं जिन्होंने मुझे पाला-पोसा था और अपने साथ तब तक रोज़ाना डाचा लाती रहीं जब तक कि उनकी बहन मेरी देखभाल के लिए वहाँ नहीं आ गयीं। मेरी माँ रुड़की से हर तीन-चार महीनों के बाद एक या दो दिन के लिए आतीं और मुझे भावशून्य ढंग से देखती थीं। उनका निचला होंठ खिंच उठता था जब वह मुझे उठाती थीं। मैं जब यह लिख रही हूँ तब सम्भवत: यह सिर्फ़ मेरी कल्पना भर ही हो।

रोज़िंका के आदेश पर मैं बोर्डिंग स्कूल गयी। स्वाभाविक है, इसके लिए धनराशि उन्होंने ही दी। जियोलिकोट में सेंट डोलोरस ने मुझे दाख़िला दिया। माँ का स्कूल सेंट ऐंस जहाँ वे पढ़ी थीं, उससे अधिक ज़ोरदार और आलीशान था। लेकिन इन्होंने मुझे कुछ ख़ास नहीं पढ़ाया। मैं पाँचवीं कक्षा में थी जब मेरी माँ ने फिर से विवाह किया। मेरे सौतेले पिता विधुर थे जो सेना में अधिकारी थे और बेंगलुरु में तैनात थे। इसके बाद मैंने माँ को उत्तरोतर कम से कम देखा।

मेरा कोई सौतेला भाई है पर मुझे इसके बारे में ज़्यादा कुछ पता नहीं था। लेकिन सौतेली बहन? नीना कौन थी और वह किसके बारे में बोल रही थी? यहाँ कोई रहस्य था, गड्डमड्ड, अप्रिय रहस्य और मेरे दिल ने सावधान किया कि मैं इससे कन्नी काट लूँ।

नीना रसोई में बैठी हुई थी और अपने सामने पड़ी किताब को अनचाहे मन से टकटकी बाँधे घूर रही थी कि मुझे इसके साथ क्या करना चाहिए। इति ने उसके सुनहरे बालों की जड़ में बैठे काले रंग को, दाँतों तले दबे

नाख़ूनों और असुरक्षा के भाव को ध्यान से देखा। उसने उन स्मृतियों के हमले के विरुद्ध ख़ुद को सँभालने की कोशिश की जो नीना के उस बयान से भड़का था कि वह उससे सम्बन्धित थी। इस घर से जुड़ी यादें, उन पर एवं खाता खुमानी पर अधिकार, यह सब कुछ उसका अपना ही था। वह इस ढोंगिन को इसका हक़दार नहीं मानना चाहती थी।

अपनी आदत अनुसार वह फ़ोन के साथ व्यर्थ समय गँवाती रही। कोई सिग्नल नहीं, न कोई सोशल मीडिया। न कोई सन्देश। कोई ताज़ा जानकारी भी नहीं। कोई सावधान रहने की जानकारी भी नहीं थी।

"इनमें से कुछ भी यहाँ नहीं है", नीना ने दम्भ के साथ कहा। "कोई सिग्नल तक नहीं है। बाहरी दुनिया के साथ कोई नाता तक नहीं है। हम किसी खोल के अन्दर या झील के पास रहते हैं! क्या तुम फ्रायड अण्डा खाना चाहोगी? कुछ कॉफ़ी? कृपया, मैं आपके लिए लाती हूँ।"

जैसे ही कॉफ़ी बनाने हेतु उसे मापने और तवे पर अण्डा डालने के लिए हाथ रखा, इति का ध्यान नीना के काम करते हाथों पर गया–दराज खोलने से लेकर सही बटनों पर हाथ रखना सब कुछ ऐसा था जैसे उसे सब कुछ मालूम था कि ज़रूरत की सभी चीज़ों तक पहुँचने के लिए उसे कहाँ तक हाथ ले जाना है। इति के विपरीत कहीं भी उसकी याददाश्त के क्रम में कोई चूक नहीं थी। जैसे कि वास्तव में नीना का सरोकार डाचा से था।

उस दिन पहाड़ों पर बरसती वर्षा और उसकी ध्वनि अलग महसूस हुई। टीन की छत पर पड़ती वर्षा की तीव्रता से ऐसा प्रतीत हुआ कि गुदवाने की टकाटक ध्वनि किसी फ़ौरी सन्देश का आगमन सुना रही है। इति लय-ताल को सुनते हुए अपने ख़यालों में खो गयी थी।

एक कविता जो उसने कई सालों पहले पढ़ी और याद की थी, उसके मन की सतह पर उमड़ आयी–

I was not sorrowful, but only tired
Of everything I ever desired.

All day till evening I watched the rain
Beat wearily upon the window pane.

उसने बाक़ी कविता की पंक्तियों को याद करने की कोशिश की। यह किसने लिखी थी? यह जानने के लिए वह एक बार फिर अपने फ़ोन की तरफ़ बढ़ी, लेकिन स्वाभाविक है कि वहाँ कोई सिग्नल नहीं था।

अर्नेस्ट डॉसन। यह नाम स्मृति-पटल पर उभर आया, ठीक ऐसे जैसे तालाब से मछली उछलकर जल की सतह पर आ जाती है। यही कवि का नाम था।

मैंने बचा-खुचा दिन बड़ी अम्मा और रोज़िंका की मनमौजी बातें सुनते हुए गुज़ारा। उनकी चुटीली हाज़िरजवाबी और रुक-रुककर कहानियों का आग़ाज़ होता रहा। रोज़िंका अतीत से किसी अज्ञात सूत्र को उठातीं और बड़ी अम्मा उनकी बातचीत के दौर के समाप्त होने के बाद किसी और ही बात को लेकर बीच में कूद पड़तीं। कुछेक रुकावटों के बाद यह बातचीत भूलभुलैया रास्तों से गुज़रती या फिर पूरी तरह से नया मोड़ ले लेती।

रोज़िंका ने पूछा, "और अपनी सुनाओ? आप अपनी बृहद् बे-उसूल दुनिया से आकर क्या कर रही हैं? आप यहाँ इस कभी न ख़त्म होने वाली कल्पनाओं की धरती पर कैसे लौट आयीं?"

मैंने प्रश्न को टाला, लेकिन वह अड़ी रहीं। रोज़िंका सदैव ज़िद पर डटे रहने में उस्ताद थीं। "अब फूटो भी!" उन्होंने कहा। अपने लम्बे रंगीन नाख़ूनों से मेरी ठुड्डी के नीचे गुदगुदाते हुए उन्होंने कहा, "जल्दी से बताओ कि तुम यहाँ क्यों आयी हो।"

मैंने झिझकते हुए जवाब दिया, "कम्प्यूटर स्क्रीन पर बेहद लम्बा समय गुज़ारना। और तन्हा रहना। फिर मुझे बारिश की आवाज़ सुनने की चाहत थी..."

तभी ठीक उसी क्रम में चमकती बिजली की लकीर से कमरे के भीतर रोशनी फैल गयी, जिसका पीछा करते हुए गड़गड़ाहट ने खिड़की के शीशों से खड़खड़ाहट पैदा की।

आसमान अँधेरे से घिर गया। हालाँकि अभी सिर्फ़ दोपहर का आधा पहर ही बीता था लेकिन रोशनी ग़ायब थी, कमरा छायामय और ग़मगीन बन गया। अपनी उम्र की ढलान पर ये बुज़ुर्ग औरतें जो एक-दूसरे से इतनी अलग थीं, और फिर भी एक-दूसरे की तरह, इनके साथ मुझे बैठकर अजीब तरह की हिफ़ाज़त का अनुभव हुआ। दोनों के बीच का स्नेह वास्तविक और साक्षात् था, जैसेकि उनका स्नेह मेरे लिए था। मैंने तड़तड़ाती और कड़कती छमाछम बारिश की आवाज़ से ऊपर उठकर उनके अनकहे प्यार का आनन्द उठाने के लिए अपनी कुरसी को नज़दीक खींच लिया।

बड़ी अम्मा ने अपनी छड़ी की तरफ़ हाथ बढ़ाते हुए कहा, "चलो मैं सबके लिए चाय बनाऊँगी।" "नहीं आप नहीं, मुझे आपके लिए मसाला चाय बनाने दीजिए, दालचीनी के साथ या हम नीना को कह सकते हैं... कहाँ है, वह? और वह है कौन?"

उन्होंने मेरे प्रश्न को अनदेखा कर दिया।

"इति तुम उस अँधेरे में चाय नहीं बना पाओगी," बड़ी अम्मा ने कहा। "दूसरी ओर, मैं तो बन्द आँखों से भी अपना रास्ता पहचानती हूँ।"

वे अपनी कुरसी से उठीं और सावधानी से रसोई की ओर बढ़ गयीं। रोज़िंका मेरी तरफ़ मुड़ीं। "वह नीना!" उन्होंने कुछ ऐसी आवाज़ में कहा जिसका अर्थ कुछ भी हो सकता था।

मैंने फिर से पूछा। "नीना कौन है? क्या वह मेरी सगी है? वह कहती है कि वह मेरी चचेरी बहन..."

"वह नीना!" रोज़िंका ने फिर से कहा। "वह नीना कुछ भी बोल सकती है।" फिर वह चुप हो गयीं।

बड़ी अम्मा बेमेल और दरार पड़े प्यालों में चाय लेकर लौटीं।

रोज़िंका ने घमण्डी अन्दाज़ में आदेश करते हुए पूछा, "लिली, चाय को व्यवस्थित ढंग से क्यों नहीं दिया?" दोनों के बीच का आपसी भाईचारा भंग हो गया–रोज़िंका फिर एक बार गृहस्वामिनी और लिली घरेलू मदद तक सीमित हो गयीं।

बड़ी अम्मा कुछ बड़बड़ायीं कि वहाँ बहुत अँधेरा था। रोज़िंका ने नज़रअन्दाज़ करते हुए अपने परदादा के चाय बाग़ान के बारे में बताने लगीं जो बेरीनग के नज़दीक था और वे उसके मालिक थे। उन्होंने अंग्रेज़ी में कहा, जो उनकी, मेरे साथ और मेरी माँ के साथ बात करने की भाषा थी। बड़ी अम्मा से हिन्दी और टूटी-फूटी पहाड़ी के साथ-साथ वाजिब अंग्रेज़ी शब्दों एवं वाक्यांशों का प्रयोग करतीं। लगभग पूरी ज़िन्दगी रोज़िंका के साथ काम करते हुए और डाचा में कुछ दशक बिताने के बाद बड़ी अम्मा ज़्यादा अच्छी तरह से अंग्रेज़ी समझती हैं, लेकिन बोलती नहीं हैं। हालाँकि, एकाध दिन पहले ही जब मैंने उनको बताया कि मैंने उनको सबसे ज़्यादा याद किया तो उन्होंने मुझे कहा था "माई डार्लिंग चाइल्ड।"

तभी बिजली लौट आयी और लैम्प ने टिमटिमाते हुए फिर से रोशनी बिखेर दी।

मैंने अपने प्रश्न को क़ायम रखा और पूछा, "नीना कौन है, बड़ी अम्मा?" जवाब महज़ कुछ बड़बड़ाहट थी जिसका कोई मतलब समझ नहीं आया, और जिसे रोज़िंका की वज़नदार आवाज़ ने दबा दिया जब उन्होंने एकाएक अपने रूसी दादा जी की टैगोर के साथ रामगढ़ में मुलाक़ात की कहानी बताना शुरू किया, जब उन्होंने तय किया, वह कभी वापस नहीं जायेंगे और एक स्कॉटिश व्यक्ति की लड़की से शादी की, जो इन पर्वतों में आकर स्थानीय निवासी बन गये थे।

"सोचो बच्चे। अगर वे यहाँ नहीं रुकते तो हम सब कहाँ होते?" उन्होंने मुझे कहा। "और तुम कहाँ होते, एंह?"

मेरे कमरे में उस रात नींद की आग़ोश में झुकने से पहले डॉसन की कविता की एक और पंक्ति याददाश्त में उभर आयी।

I was not sorrowful, I could not weep,
And all my memories were put to sleep.

5
भोर का सहगान

इति क़रीब-क़रीब पौ फटे जागी। सुबह की घोषणा करते पक्षी बेसुरा सहगान करते उड़ान भर रहे थे। उसने सावधानी से खिड़की के बाहर झाँका। सुबह के उजाले ने पूरी तरह से अभी तक दस्तक नहीं दी थी, लेकिन आसमान साफ़ था, पिछले दिन की बारिश के बाद आये तूफ़ान पर विराम लग चुका था।

चटखनी के साथ थोड़ी जद्दोजहद के बाद वह बालकनी में दाख़िल हुई। बाग़ीचे में कुछ हरकत के साथ आवाज़ हुई थी। वह कौन हो सकता है? उसने कमरे में जाकर अपना फ़ोन बाहर निकाला। जहाँ से आहट आयी थी, उसने उस दिशा में रोशनी फेंकी। वह कोई भीगा, थका-माँदा दुबला प्राणी जिसके बाल सुनहरे थे और पाँव के पंजों के सहारे बाग़ीचे से घर की ओर बढ़ रहा था।

उसने अपने फ़ोन की बत्ती को बन्द किया। नीना–और कोई नहीं बल्कि वही होगी–ग़ायब हो गयी। उसके फ़ोन की, कमज़ोर बत्ती से अधूरे अन्धकार के बीच थर-थर काँपती पीठ पर रोशनी पड़ी, जिसे उसकी तरफ़ घुमाया गया था।

उसके बाद इति कसमसाहट का अनुभव करते हुए सोयी। जब वह जागी तब कमरे के अन्दर सुनहरी धूप बिखरी थी। वह नींद की आग़ोश में लड़खड़ाते हुए कॉफ़ी की तलाश में रसोईघर में दाख़िल हुई।

नीना रसोईघर की मेज़ की बग़ल में बैठी थी। उसने इति की तरफ़ मुस्काराहट बिखेरते हुए धीरज के साथ "सुप्रभात" कहा। "आशा है कि आप आराम से सोयी थीं।"

उस दोपहर को, इति ने अपनी पत्रिका में लिखा :

नीना फिर से रसोईघर में बैठी हुई थी। हमने उसके ग़ायब होने, अथवा गुप्त रूप से लौटने के बारे में कोई बात नहीं की। मैं भी जवाब में मुस्करा दी और अपने लिए थोड़ी कॉफ़ी बनाकर बैठकवाले कमरे में वापस आ गयी–जिसे हमेशा 'ड्रॉइंग रूम' कहा जाता था।

कॉफ़ी की सुगन्ध अलौकिक थी। इससे गुलाब, वैनीला और दालचीनी की महक आ रही थी। कॉफ़ी बनाने के लिए सुन्दर पीतल का बना फ्रेंच कॉफ़ी मेकर था जिस पर श्रेष्ठ सज्जा थी। यह धूप, यह कॉफ़ी, यह सुबह की हवा–यह सब कुछ मेरे भीतर मुस्कराहट पैदा कर रहा था। तभी अचानक मुझे एहसास हुआ कि नीना की छवि की शान्त मुस्कराहट मुसलसल मेरे मन में खटक रही है।

मैं रसोई में वापस गयी लेकिन वहाँ पर वह नहीं थी। वह फिर से नदारद हो गयी थी।

पूरे दिन पानी नहीं बरसा। दोपहर के मध्य में दबे पाँव बादलों ने आकर आकाश के एक बृहद् टुकड़े और वादी के मंज़र दोनों को मानो चित्र फ्रेम के भीतर निर्मित कर दिया हो। इति को डिजिटल मीडिया और इंटरनेट से दूर रहते हुए अब लगभग दो या शायद तीन दिन हो गये थे। उसने फ़ोन की बैटरी को हमेशा चार्ज रखा। यह एहसास करना अचरज की बात थी कि नीचे धरातल पर दुनिया उसके बिना चल रही थी। निस्सन्देह नीचे धरातल की दुनिया उसके बिना सदैव चलती रही थी, वह तो सिर्फ़ चौखट की सीमाओं पर रेंगती रही। लेकिन उसके लिए इस नाज़ुक रिश्ते को खोना भी विचित्र एहसास था।

वह भावशून्य में बाग़ीचे में आकर बैठ गयी। साफ़ आसमान में धूल के कण नृत्य कर रहे थे। एक मैगपाई पक्षी ने नीचे आकर झपटा मारा

और फिर से उड़ गया। रेशमी ओक का पेड़, जो बाग़ीचे के किनारे पर लगा था, उसकी शाख़ पर बैठे पक्षी की कर्कश आवाज़ ने दोपहर की शान्ति को भंग कर दिया था।

जब वह छोटी थी तब एक बार रोज़िंका ने बताया था कि अकेला मैगपाई पक्षी दुर्भाग्य को लाता है। उनके अनुसार, "एक का अभिप्राय दुःख है, दो का अर्थ हर्ष है, तीन यानी मृत्यु, चार हैं तो जन्म।"

"मेरी स्कॉटलैण्डवाली परदादी मुझको यह बताती थी।" जवान इति की तरफ़ अपनी उँगलियों को नचाते हुए उन्होंने यह सब कुछ बताया था।

दोपहर के प्रभामण्डल में स्मृतियों का सैलाब उमड़ा था। मानो किसी संकेत पर दो औरतें लड़खड़ाती हुई बाग़ीचे में दाख़िल हुईं। माली ने बरामदे के नज़दीक बेंत की मेज़ और चार कुर्सियाँ लगा दीं, जिन पर रोज़िंका और बड़ी अम्मा दोनों अतिथि देवियों की तरह विराजमान हो गयीं।

उनके ठाठ देखते ही बनते थे। उनकी आँखों की चमक मद्धम नहीं हुई थी। रोज़िंका की आँखें तेज़-पैनी, भेदक और जबकि बड़ी अम्मा धीरज से सब कुछ पलक झपके बिना दृढ़ता के साथ एक परिष्कृत चौकस व्यवस्था की तरह भाँप लेती थीं।

सावधानी से चाय के थाल को सन्तुलित करते हुए नीना दाख़िल हुई। चार प्यालियाँ और चायदानी। चीनी मिट्टी की तश्तरी में कुछ बिस्किट थे। साथ ही घुमावदार सतरंगी छल्ले और मूँगफली से भरा कटोरा था।

इति ने देखा कि बड़ी अम्मा ने दो चम्मच चीनी चाय में डाली जबकि रोज़िंका ने शक्कर नहीं डाली।

रोज़िंका के हाथ पतले, झुर्रीदार जिन पर नसों को देख सकते थे और फिर भी ऊर्जा से लबरेज़ और भावप्रवाहक थीं। उनके नाख़ूनों की पॉलिश का रंग चमकदार बैंगनी था। बड़ी अम्मा के हाथ झाँईदार और फूले हुए थे जिनकी उँगलियों में पड़े मूँगे की अँगूठी त्वचा को काट रही थी।

इति की तरफ़ देखते हुए नीना ने कहा, "क्या मैं आपके लिए डालूँ।" चेहरे पर वही स्पष्ट अभिव्यक्ति और शान्त मुस्कान थी। आज आँखें भूरी थीं, जो उनकी आँखों पर फब रही थीं।

दिल को बहलाती हुई विजयी मुस्कान इति के होंठों पर फैल गयी। उन्हें झट से उसने छुपा लिया, लेकिन नीना उन्हें देख चुकी थी।

उसने समझाते हुए कहा, "मैंने कल दोहरे रंग के लैंस पहने थे–नीले और हरे। जो मेरी आँखों में आसमान और घास की हरियाली को दर्शाते। आज मेरा पृथ्वी दिवस है। सम्भवत: मैं इसके बारे में कविता लिखूँ। आप कैसे दुनिया को देखते हैं और दुनिया कैसे आपको–ये सब कुछ लैंस ही तो है, जिसके ज़रिये हम देखते हैं, क्या यह सच नहीं?"

"कितने रंगों के कॉनटेक्ट लैंस तुम्हारे पास हैं, नीना?" इति ने हतप्रभ होकर पूछा।

"सिर्फ़ तीन," नीना ने जवाब दिया। "नीले, हरे और भूरे। हालाँकि मैं मानसूनी आकाश से मेल खाते धूसर रंग को भी चाहूँगी।"

इति ने अपने आग्रह को जारी रखा और पूछा। "और वास्तव में तुम्हारी आँखें किस रंग की हैं?"

उसने स्वीकारते हुए कहा, "काली, उबाऊ काली आँखें। इन बातों पर सोचने की ज़रूरत है। यह डिजिटल युग है। हम जो बनना चाहते हैं। हम बन सकते हैं।"

"क्या तुम्हारे पास इसका प्रिसक्रिप्शन है?" इति ने पूछा। "इन चीज़ों के साथ ऐसा खिलवाड़ तुम्हारी आँखों को नुक़सान पहुँचा सकता है।"

"मैं कल तक अपने वास्तविक काले रंग पर लौट आऊँगी।" नीना ने इति की ओर हसरत-ज़दा नज़रों से देखते हुए कहा। "मैंने तो यह सब कुछ आपके ऊपर अपना असर जमाने के लिए किया...ताकि मैं आपका ध्यान खींच सकूँ। मेरा ख़याल था कि शायद हम अच्छे दोस्त बन सकें।"

इति को अपमान और शर्म दोनों ने मौन साधने पर मजबूर कर दिया।

"शायद कभी-कभी मेरे अनन्त के भीतर नकारात्मक पहलू घुस बैठते हैं।" नीना ने साँस भरते हुए कहा, "मैं शून्य हूँ, नाचीज़ हूँ।"

"तन्हा रहने में बहुत अकेलापन है," उसने अपने रंज का इज़हार जारी रखा और कहा, "मैं जुड़ना चाहती हूँ–लोगों से, जगहों से। तुम नहीं समझोगी।"

"मैं समझती हूँ," इति ने हल्के से कहा। "मैं ख़ुद उस रास्ते पर अपनी पूरी ज़िन्दगी चली हूँ," वह ऐसा कहना चाहती थी लेकिन कहा नहीं।

उसने ख़ुद को हरी आँखों के साथ देखने की कल्पना की। वह अच्छा विचार था।

मैगपाई की कर्कश बोलचाल फिर से आरम्भ हो गयी। बादलों के सिपाहियों ने क़दमताल करते हुए आसमान पर अपना क़ब्ज़ा जमा लिया। पानी बरसने लगा। वे बरामदे की ओर भागे। नीना बुज़ुर्ग औरतों को सावधानी से ले गयी।

इति बरामदे की छत जो टीन की बनी थी, उसके ऊपर पानी की बूँदों के असम्बद्ध गति से गिरने की लय को सुन सकती थी। तक़रीबन दस मिनटों तक ताबड़-तोड़ बारिश जारी रही और फिर यकायक उसकी तेज़ी मन्द पड़ गयी। फिर आकाश साफ़ हो गया और उनके सामने इन्द्रधनुष का प्रताप फैलकर पूरी वादी में पसर गया।

इति को सम्पूर्ण तृप्तिभाव का अनुभव हुआ, एक ऐसा भाव जिससे वह अनभिज्ञ थी। मानो जैसे उसके बदन की भीतरी कोशिकाएँ पुनर्संगठित हो गयी थीं, जिनमें भावानात्मक समस्थिति आ चुकी थी या फिर कहें कि भावनात्मक समाप्ति आ चुकी थी।

दो शाश्वत स्त्रियों के बीच पालने में झूलते हुए स्वयं को महसूस किया और यह सब कुछ उनकी बिना शर्त स्वीकार्यता थी। वे दोनों एक-दूसरे से बेहद अलग थे, फिर भी अपने मस्तिष्क और अन्तर्मन से वे एक इकाई, एक तत्त्व थे।

6
खोये हुए प्रेम (मों) की प्रार्थना

लम्बे अरसे पहले मैंने एक उपन्यास लिखना शुरू किया था। यह अतीत की कुछ पोशीदा दिल टूटने की आपबीती थी जिनके भीतर कोरी कल्पनाओं को बीच-बीच में जोड़ा गया था। मेरे उपन्यास लिखने के असफल प्रयासों में एक और विफलता जुड़ गयी थी–उन दो विशिष्ट किताबों की साझेदारी के रूप में 'Promises to Myself' (ख़ुद से किये वादे) और दूसरी सम्भावित प्रतिभा योग्य 'Hype Reality' (अति वास्तविक) शामिल थीं। मैंने इसे खोये हुए प्रेम का नाम दिया। (इसको मैंने प्रेम में खो चुके प्रार्थना-गीत की रीत कहा।) हालाँकि यहाँ पर तुकबन्दी ने शर्मिन्दगी का भाव पैदा किया था लेकिन कुछेक बातों ने प्रोत्साहित किया कि मैं ऐसा करूँ। ये मेरे प्रेमी जीवन के तीन मामलों का अध्ययन था, जिसको विश्लेषणात्मक अन्दाज़ में लिखा था।

इस किताब का जल्द ही परित्याग करना पड़ा, बल्कि सम्पूर्ण प्रयास वास्तव में निष्फल हो गया। लेकिन अतीत के उन हृदय विदारक झटकों का मँडराना मुझ पर आज तक जारी है। मैं कहीं न कहीं रोमांटिक थी और मेरे युवा मस्तिष्क में नौका की ओर सवार करते दो विपरीत लिंगों का समान्तर चलना जैसे विचारों ने गहरा प्रभाव डाला था। यही कारण था कि चौदह वर्ष की आयु में मुझे प्यार हो गया। उसका नाम मनोज चक्रवर्ती था। वह सेंट डोलारोज़ा में एकमात्र पुरुष था। इसमें मैं प्रवेशद्वार के प्राचीन रक्षक को नहीं गिन रही हूँ। मनोज मेरे विद्यालय में कला के अध्यापक थे, लेकिन उन्हें किन्हीं अनिश्चित कारणों की वजह से नौकरी

से निकाला गया था। लड़कियों ने उनके साथ किये गये अपमान के बारे में वहशी अटकलों को साझा किया था। इन कहानियों में कुछ अध्यापकों के चेहरे सामने आये और गर्भपात की बात सुनी गयी।

फिर वह स्कूल लौट आये और उन्हें रहस्यात्मक ढंग से उनके पहले पद पर फिर से भर्ती कर लिया गया था। किसी दोपहर को, चित्र को अन्तिम आकार देते हुए मैंने फूलदान में गुलदाउदी फूल बनाये थे। मनोज सर ने मेरी कलाई को पकड़ा और मेरी हथेली को चूम लिया। इससे कुछ रस-भरी सिहरन मेरी रीढ़ में दौड़ गयी। वह मेरे कानों में फुसफुसाये, "क्लास के बाद बाग़ीचे में मिलना तब मैं तुम्हें दिखाऊँगा कि गुलाब कैसे बनाते हैं।"

मैं कर्तव्यनिष्ठा और आशाभाव के साथ गयी। मैं अपने साथ पेंसिल और रेखाचित्र की पुस्तिका ले गयी। रोज़-गार्डन में कुछ अस्त-व्यस्त गुलाब के बिखरे झाड़-झंखाड़ थे जिन्हें उस पट्टी पर बिना देख-रेख के छोड़ दिया गया था। इनमें कभी-कभार अचानक फूल निकल आते थे। ये कुम्हलाये और पश्चात्ताप की मुद्रा में दिखाई पड़ते थे।

मनोज सर मेरे सामने प्रकट हुए। "उस पेड़ के पीछे कुछ ख़ूबसूरत फूल हैं।" उन्होंने सरसराती नर्म आवाज़ में कहा। "मेरे साथ आओ।" उन्होंने हरे कॉरडरॉय का पतलून पहना था जो घुटनों के इर्दगिर्द झुका था। उनके बाल लम्बे थे (उस समय के अनुसार) जो उनके कन्धों तक आ गये थे और उनकी भूरी जैकेट (वह भी कॉरडरॉय की थी) को छू रहे थे। मैं उनके पीछे चल पड़ी।

हमें कोई नहीं देख सकता था। उन्होंने बेरहमी से झपट्टा मारकर मुझे नीचे ज़मीन पर गिरा दिया। उसके बाद उन्होंने मेरे छोटे पतलून को नीचे खींचा और मेरे गुप्त अंगों पर हाथ मारने लगा। फिर बोला, "यहाँ पर है ये गुलाब बाग़ीचा। तुम्हारा अपना गुलाब का बाग़ीचा। और मैं इसमें यौवन भर सकता हूँ।"

मैं उनकी उँगलियों के पैने नाख़ूनों को अपनी त्वचा में गड़ते महसूस कर सकती थी। मैं अकड़ चुकी थी, लेकिन मेरे भीतर दहशत के भाव

ने ज़ोर से आवाज़ लगायी। मैंने उन्हें लात मारी और अपने पतलून को पहनकर भाग खड़ी हुई।

उस रात, मैंने उस रहस्यमय गुलाबी बाग़ीचे तक पहुँचने की कोशिश की। उन्होंने अपने लम्बे नाख़ूनों से मुझे खरोंचा था। मेरे भीतर तक कुछ दहल गया था, जैसे वादियों में बहती वहशी आँधी का विलाप। मुझे यह भाव पसन्द आया। मैंने अपनी नोटबुक उठायी और मैंने ये शब्द दर्ज किये : 'वादियों से गुज़रता है बियाबानी आँधी का विलाप।' इस पंक्ति में किसी कविता की पहली पंक्ति की ध्वनि थी। किसी और दिन मैं इसे ख़त्म करूँगी।

इस मुठभेड़ ने मुझे आतंकित तो किया था, लेकिन साथ ही विशिष्ट होने का एहसास भी दिलाया था जैसे मुझे ही इसके लिए तलाशा गया था। सम्भवत: यही वह विशिष्ट है जो पुरुष और नारी के बीच घटित होता है। मैंने उनके पुराने कॉरडरॉय पतलून के बारे में सोचा और उनके लम्बे बाल जो उनके कन्धों तक पहुँचते थे। मैं थर्रायी और विचलित थी, लेकिन नाराज़ नहीं थी।

अगले दिन, मैं अपनी चित्र-पुस्तिका और पेंसिल को जिन्हें मैं पेड़ों के बीच कहीं गुलाबी बाग़ीचे में छोड़ आयी थी, उन्हें बरामद करने गयी। वे वहाँ पर बिखरी हुई नहीं थीं जैसाकि मैंने सोचा था बल्कि उन्हें बड़े फैले हुए पेड़ के तले सहेजकर एक साथ रखा था। किसी ने उनके ऊपर गुलाब की कली को रख छोड़ा था।

यह सिर्फ़ वही हो सकते थे। इसको मैंने प्रेम का इज़हार, पश्चात्ताप और ग्लानि का कृत्य माना। सम्भवत: वह अपनी कामना पर क़ाबू नहीं कर पाये थे।

अगले कुछ दिनों तक मनोज सर ने मुझे अनदेखा किया। बरामदे के कोने में मेरा उनके साथ सामना हुआ और वह झुके और मेरे बालों को बिखेरकर जल्दी से आगे बढ़ गये। मैं अपनी ही प्रतिक्रिया से चकरा गयी। मैंने उस गुलाब को फेंका नहीं था, वह मेरी अलमारी के ताक के कोने में रखा था, जहाँ मेरी स्कूल की पुस्तकें पड़ी थीं।

फिर मनोज सर वहाँ से चले गये। हमें बताया गया कि वह लम्बी छुट्टी पर गये हैं, लेकिन वह फिर कभी नहीं लौटे, कम से कम मेरे विद्यालय में रहते तो वह नहीं आये।

कई सालों बाद–मुझे ठीक से याद नहीं है कब, मैं तब दिल्ली में रह रही थी–मैंने अख़बार में किसी कला-अध्यापक की मृत्यु की ख़बर देखी। समाचार शीर्षक था 'आत्महत्या से मृत्यु?' मनोज चक्रवर्ती की मृत्यु की अजीब परिस्थितियों के बारे में विस्तार से लिखा गया था। उन्हें दक्षिण दिल्ली के पब्लिक स्कूल की नौकरी से निकाल दिया गया था। उनका शव स्कूल के बरामदे की ज़मीन पर पड़ा मिला, जिसके इर्दगिर्द गुलाब की पंखुड़ियाँ बिखरी थीं। मौत का कारण ज़हर था, जो जिस्म में पेंट थीनर (तेल आधारित रंग को हटाने या मिटाने के लिए प्रयोग होता है) दाख़िल होने से हुआ। उन्होंने अपनी कलाई की नब्ज़ को भी काट लिया था। वह बुरी तरह से मरना चाहते थे, हालाँकि रिपोर्ट ने बताया कि वहाँ से कोई सुसाइड नोट नहीं मिला था। समाचार के अनुसार–"पीड़ित के ख़ून का रंग चॉकलेट जैसा हो गया था।" मेरे पेट में ज़ोर से उतार-चढ़ाव हुआ और मुझे उल्टियाँ आना शुरू हो गयीं। उस दौरान कई दिनों तक मुझे उबकाइयाँ आती रहीं। मैं डाक्टर के पास गयी जिन्होंने कुछ टेस्ट किये और नुक़सान रहित दवाइयाँ लिख दीं, लेकिन उनसे कोई मदद नहीं मिली।

यह रिपोर्ट पढ़ने के बाद जिस घबड़ाहट और संशय के अन्धकार ने मुझे घेर लिया था, वह धीरे-धीरे दूर हुआ। मैंने चॉकलेट खाना छोड़ दिया। मैं लम्बी सैर पर पैदल जाने लगी। मैं रात को नींद की गोलियाँ खाने लगी। मैंने सपने में अपने आप से यह कहते सुना, "तुमको मुझे प्यार करने से रोकना नहीं चाहिए था।" मैंने उसे सपने में देखा नहीं, सिर्फ़ धीमी आवाज़ जैसे जानवर विलाप करता है वैसे सुना।

विलियम ब्लैक की कविता की पंक्तियाँ हैं जिन्हें मैंने कहीं पढ़ी थीं :

O Rose thou art sick
The invisible worm
That flies in the night
In the howling storm :

Has found out thy bed
Of crimson joy :
And his dark secret love
Does thy life destroy.

इस कविता ने मुझे अजब दिलासा प्रदान की थी। ये पंक्तियाँ मेरी याददाश्त पर अंकित हो गयी थीं जैसेकि कोई विशिष्ट तर्ज़ हो। इसने नये भावार्थ और भंगिमा ग्रहण कर कुछ अर्थों में मुझे दोषमुक्त कर दिया था।

बहरहाल, मैंने ख़ुद को बताया, हमारी निजी बीमारियाँ, जिनके साथ हम पैदा होते हैं, वे सदैव हमें धोखा देती हैं। वास्तव में कौन किसी को बचा सकता है?

मैं मनोज सर के बारे में बिल्कुल नहीं सोचती हूँ, और पता नहीं कैसे और कहाँ से वह टहलते हुए आज मेरी इस पत्रिका में घुस आये।

दूसरे एक प्रेमी–है एक जिसका नाम मैं भूल गयी हूँ। कभी-कभी मैं रात को उठकर उसका नाम याद करने की कोशिश करती हूँ।

पीटर?

माइकल?

जोहनन?

यह क्या था? कैसे सम्भव है कि मैं भूल सकती हूँ?

वह डेनिश था। हम गोवा में मिले थे। हम एक-दूसरे को पसन्द करने लगे। उससे साबुन की ख़ुशबू आती थी। वह दिलकश और सहज था। उसके साथ मुझे ख़ुशी मिलती थी। कभी-कभी, हम दोनों साथ-साथ हँसते थे।

वह एम्स्टर्डम लौट गया। एक बार सन्देश मिला, यह बताते हुए कि मैं फिर से भारत में छुट्टियाँ बिताने का मनसूबा कर रहा हूँ और क्या तब मैं वहाँ रहूँगी। मैंने जवाब दिया कि मैं रहूँगी और उसके बाद हमारी कोई बात नहीं हुई। फिर कोई सम्पर्क नहीं हुआ। मैंने उसका फ़ोन नम्बर भी खो दिया। मैं उसका नाम तक भूल गयी। शायद वह मेरा नाम भी भूल गया हो।

बड़े मधुर और मुख़्तसर अन्दाज़ में उसने पूछा था, "इति...इसका क्या मतलब है?"

मैं अपने नाम के बारे में कभी निश्चित नहीं थी कि इसका वास्तव में क्या अर्थ है। मैंने कशमकश के साथ जवाब दिया।

"इसका अर्थ है किसी बात का अन्त। जैसे कि पूर्णविराम। इसका मतलब नयी शुरुआत भी हो सकता है," मैंने अविश्वसनीय ढंग से उत्तर दिया।

उसने कहा, "यह तो बढ़िया है! यह वास्तव में मनोहर है।" उसने मेरे गाल को चूमा। शायद उसने पहले ही तय कर लिया था कि वह हमारी आख़िरी मुलाक़ात होगी। कोई नयी शुरुआत नहीं।

मैं इसे लिखने के बाद पिछली रात झटके से उठी। मुझे अचानक उसका नाम याद आया। यह नाम मेरे माथे में ऐसे कौंधा जैसे किसी अँधेरे रास्ते में किसी इकलौते बिलबोर्ड पर ट्यूब लाइटें चमकती हैं। उसका नाम था मैथ्यू।

समय गुज़रने के साथ मैंने अपने आप को इस आशा से अलग करके हमसफ़र के सपने को ठुकरा दिया। मैंने दिखने में अपने आप को औसत माना, हालाँकि मेरा वहम है कि उम्र गुज़रने के साथ मैं पहले से बेहतर लगती हूँ, जैसेकि मेरी डील-डौल में पहले की अपेक्षा कोई ख़ास बदलाव नहीं आया है। मैं पहले जैसी ही दिखती हूँ। मैं कहीं से भी ख़ुद को असामान्य दिलकश या बहुत बनी-ठनी नहीं मानती। उपलब्ध पुरुषों की संख्या इस हद तक घट रही है जैसे किसी सूखे वर्ष में गाँव के तालाब का पानी। मैं सांत्वना के लिए अपने यौन की तरफ़ मुड़ूँ, यह रुझान अभी तक नहीं है।

यह मेरा स्वप्न है कि मुझे ऐसा आदमी मिले जो कृपालु, दानिशमन्द और कामयाब हो, कोई आदमी जिसे पढ़ने से लगाव हो और जन्मदिन और सालगिरह की तारीख़ें याद रखे। ऐसा आदमी जो रेमंड वस्त्रों के विज्ञापनों में दिखता है, उसके जैसा सम्पूर्ण व्यक्ति।

बहुत पुरानी बात नहीं है, मैं उस सम्पूर्ण से दिखने वाले किसी पुरुष से प्रेम कर बैठी। उसे संगीत पसन्द था, और मैं उसके साथ प्यानो के संगीत समारोह और ठुमरी उत्सव में शामिल हुई। मैंने संगीत में ख़ुद को भावपूर्ण और लीन दिखने का भरसक प्रयत्न किया, और जब वह मेरा हाथ पकड़ने के लिए आगे बढ़ा, तब मैंने बिल्कुल सटीक मात्रा में गर्मजोशी और परस्पर दबाव के साथ अपनी प्रतिक्रिया व्यक्त की।

सम्भवत: हम दोनों एक-दूसरे के अनुरूप थे। वह अपने निरोध को समेटते हुए और अपनी जुराबों को लपेटते हुए (उस क्रम में) विशेष ख़याल रखता था। लेकिन मुझे कोई धमाल महसूस नहीं हुआ। उसके आफ़्टरशेव की ख़ुशबू मुझे पसन्द नहीं थी। मैं उसकी बाँहों में लेटती लेकिन मुझे उसके लगाव में कोई अपनत्व महसूस नहीं हुआ था।

मेरा पुराना प्रेमी (मुझे उसका नाम याद है लेकिन मैंने तय किया कि यहाँ नहीं लिखूँगी) चार्टर्ड अकाउंटेंट था। कुछ दिनों तक एक-दूसरे से मिलते रहने के बाद, वह मेरी बग़ल में बैठा। "मुझे महसूस होता है कि मुझे तुम्हारे बारे में जानना होगा, इति...," उसने कहा, "और मुझे तुम पर यक़ीन करना होगा। मैं तुमसे कुछ पूछना चाहता हूँ।"

क्या वह कुछ ख़ास बात की तरफ़ इशारा कर रहा था?

उसने कहा, "तुमको मालूम है कि मैं चार्टर्ड अकाउंटेंट हूँ, लेकिन मैं भीतर से ऐसा नहीं हूँ। मैं बेतहाशा भावनापूर्ण हूँ।"

"अकाउंटेंट भी बेहद भावनापूर्ण हो सकते हैं," मैं बुदबुदायी।

उसने मेरी तरफ़ शकी निगाहों से देखा जैसेकि मैं ठिठोली कर रही हूँ। "मैं अपने अन्तर्मन से सचमुच रचनात्मक हूँ। और मैं एक उपन्यास लिख रहा हूँ। पिछले कई बरसों से मैं इसे लिख रहा हूँ। फिर...तुम तो सम्पादक हो। मैं इसे तुमको दिखाना चाहता था। यह बेहद वैयक्तिक, बहुत निजी कथानक है, यह मैंने लगभग किसी को नहीं दिखाया है... सिर्फ़ चन्द दोस्तों के सिवाय।"

"क्या तुम मेहरबानी करके इस उपन्यास को पढ़कर मुझे बताओगी, इसके बारे में तुम्हारा क्या ख़याल है? शायद तुम इसे सम्पादित कर पाओ? और हाँ, मैं पैसे अवश्य दूँगा।"

"हाँ, दोस्त होने के नाते मैं इसे ज़रूर पढ़ूँगी," मैंने उत्तर दिया। "हाँ ज़रूर, मैं इसे पढ़ूँगी। लेकिन हाँ, मैं कोई पैसे-वैसे नहीं लूँगी।"

उसने उत्सुकता से पूछा, "क्या मैं इसे ई-मेल कर दूँ?"

"मैं चाहूँगी कि पेपर प्रति हो।" मैंने जवाब दिया। "कृपया, छपाई दोहरे रिक्त स्थानों में हो।"

वह उपन्यास। वही शुरुआत थी इसके अन्त की।

किन्हीं कारणों से, एक्स ने इसे प्रवाही मुद्रण लिपि में मुद्रित किया था। जो एक तरीक़े से थोड़ा विराम मिलने जैसा था, जब तक कि एहसास होता कि यह बेहद ख़राब लेखन था।

यदि जीवन में किसी के प्रति भी मैं सत्य रही हूँ, तो वह शब्द हैं। मैं स्पष्टता और शैलीगत ईमानदारी के साथ कोई समझौता नहीं करती। मैं शब्दों और कथानक में यक़ीन करती हूँ। मुझे यह लिखते यह आभास है कि मेरी बात दिखावटी और हास्यास्पद लगे। लेकिन यह सत्य भी है। इसलिए मैं इस पर टिकी रहूँगी।

मैं यह स्वीकारने वाली पहली महिला होऊँगी कि किताबों की अपेक्षा ज़िन्दगी में कई अन्य महत्त्वपूर्ण बातें हैं, लेकिन शब्द पवित्र हैं। मैं कभी-कभी सोचती हूँ कि दुनिया के सभी दुःखों की जड़ में शब्द हैं जिनका प्रयोग बिना सावधानी और नासमझी से किया जाता है।

लेकिन मैं असफल प्रेम-प्रसंगों के बारे में बात कर रही थी। एक्स के बारे में। उसके उपन्यास का शीर्षक था FOR WHOM THE BELL TOLLS. सचमुच, यह कोई अतिशयोक्ति नहीं, सभी वर्ण कैपिटल में ही थे। किताब समार्पित की गयी थी 'द मास्टर–अर्नेस्ट मिलर हेमिंग्वे' को।

मैंने इसे पढ़ने की कोशिश की लेकिन बहुत ज़्यादा नहीं पढ़ पायी। यह उत्तम पुरुष में लिखा गया था। कथाकार ने लाल जुराबें पहनी थीं, जबकि उसने जुराबें पहनीं ही नहीं। इसमें बन्दूक़ें, उपद्रवी समुद्र और हरे

रंगवाली लड़की-औरत थी जिसके स्तन ख़रबूज़े की तरह थे। बहुत से विस्मयबोधक चिह्न थे।

मैं आकर्षित हुई और घृणित भी। जिस तरह लिखा गया था, उससे साफ़ था–जो विशेषण, सन्दर्भ, जिन लतीफ़ों, हालात के बारे में लिखा–एक्स को औरतें पसन्द नहीं थीं, बल्कि वह उनसे नफ़रत करता था। उसके बाहरी सज्जन रूपी आवरण के भीतर ग़ुस्से का कुआँ था।

मेरे भीतर से आत्मरक्षा के कुछ भाव अवतरित हुए। मैंने इस रिश्ते से अपने क़दम पीछे खींच लिये, मैं उसकी ज़िन्दगी से भाग खड़ी हुई। मैंने किसी भी फ़ोनकॉल अथवा ई-मेल का कोई जवाब नहीं दिया। एकदम नहीं।

मेरी संगीन चुप्पी ने अवश्य उसे हैरान किया होगा, ख़ासतौर से मुझ सम्पादक से परस्पर बातचीत की उत्सुकता, बँधुआ सम्पादक, जैसा उसने मेरे बारे में सोचा था। उसके फ़ोनकॉल और सन्देशों की तेज़ी अक्सर से बढ़कर तीव्र हो गयी। मैं उसकी बढ़ती हलचल का मज़ा लेने लगी। मैं व्यंग्य कसने के लिए उसकी पाण्डुलिपि पर फिर से नज़र दौड़ाने लगी। मैं जितनी बार पढ़ती हर बार मुझे सीधे आत्म-जुनून, मर्दानगी और आत्ममोह की नयी गहराई का प्रदर्शन देखने को मिलता। अगर वे किताबें पढ़ तो शायद उनकी पुस्तक सर्वश्रेष्ठ बिकनेवाली किताब बन जाये-यदि वे दुसरे लाल गोली खाने (Red Pill Alphas)[1] वाले पुरुषों की तरह होते।

इसमें कई यादगार उद्धरण थे। "कमज़ोर दिलवाले कभी गोरी लड़की के साथ सम्भोग नहीं करते"–यह पंक्ति एक्स ने इंटरनेट से चुरायी थी। एक और उत्कृष्ट उद्धरण : "आज्ञाकारी बीटा से बढ़कर ऐसी कोई चीज़ नहीं है जिसे औरत नफ़रत करती।" मैंने पहली बार यह ग़लत

लाल गोली का जिक्र 'द मैट्रिक्स' फिल्म से आता है। जिसमें मुख्य पात्र लाल और नीली गोली की पेशकश करता है। लाल गोली उसे वास्तविकता देखने और भ्रम से मुक्त होने का अनुभव करवाती है। जबकि नीली गोली का अर्थ है भ्रम में लिपटे रहना। इस शोध में लाल को आखें खोलने वाला माना गया है।

पढ़ा। मेरा ख़याल था कि एक्स किसी बेटा के बारे में लिख रहा था यानी एक आज्ञाकारी भारतीय बेटा के बारे में। लेकिन फिर मुझे एहसास हुआ कि यह पंक्ति प्रिय अल्फा पुरुषों और असफल बीटा पुरुषों के बारे में थी।

यह उपन्यास–यदि इसे उपन्यास कहा जा सकता है–अपने भद्देपन के बावजूद दमदार हो सकता था, यदि यह अपने उबाऊपन एवं पुनरावृत्ति से भी मुक्त होता।

स्वआरोपित मौन के सप्ताह के दौरान, मुझे एक्स के द्वारा लाल गुलाबों का बड़ा गुलदस्ता मिला। उसके साथ कार्ड भेजा गया। "मेरा अन्दाज़ा है कि तुम एफ़.डब्ल्यू.टी.बी.टी. को पढ़ने में मगन होगी। मैं भी तुम्हें ज़्यादा से ज़्यादा वक़्त देना चाहता हूँ। मैं सम्पादकों के व्यवहार से परिचित हूँ।" यह भावपूर्ण सन्देश और उसके साथ मुस्कराता इमोजी था।

पहले तो एफ़.डब्ल्यू.टी.बी.टी. के संक्षिप्त रूप ने असमंजस पैदा किया। फिर मैंने अपने आप को अंग्रेज़ी की इस कहावत से सांत्वना दी कि व्यक्ति ज़िन्दगी जीता है और सीखता है और तभी दिमाग़ की बत्ती जल उठी। एफ़.डब्ल्यू.टी.बी.टी.यानी For Whom The Bell Tolls.

वह मेरे लिए सबसे ज़्यादा देर तक ठहरने वाला बोध का क्षण था। मुझे गुलाब के फूलों की ज़रूरत नहीं थी। मुझे अपने जीवन में पुरुष की आवश्यकता भी नहीं थी। मुझे एफ़.डब्ल्यू.बी. की दरकार नहीं थी (अगर आप सोच रहे हैं, तो इसका मतलब है दोस्ती के साथ फ़ायदे)।

मेरे ज्ञान का एहसास किसी नारी केन्द्रित संस्था अथवा सखी समाज के बारे में नहीं था। यह अनुभूति थी कि मैं अपने आपके साथ ठीक हूँ और मुझे सम्पूर्णता के आत्मज्ञान के लिए किसी मर्द की ज़रूरत नहीं है। यह क़दम प्रत्येक उस औरत के लिए विशाल क़दम होता है जो इस दिशा में बढ़ाती है।

एक और सप्ताह बीत गया, इसके पहले कि मैं उसे ई-मेल से लम्बी प्रतिक्रिया भेजती।

प्रिय एक्स,
मैंने आपकी पाण्डुलिपि को पढ़ा। बतौर सम्पादक, मुझे लगता है कि एफ़.डब्ल्यू.एच.टी.बी.टी. में स्पष्टता, सम्बद्धता अथवा उद्‌देश्य का अभाव है।

बतौर पाठक और कोई जो आपको समाजी तौर पर जानता है, मेरे लिए यह सचमुच चौंकाने जैसा था जिस हद तक स्त्री-द्वेष नज़र आता है।

मेरा सुझाव है कि आप प्रतिक्रिया के लिए किसी अन्य सम्पादक को दिखायें।

धन्यवाद,

इति

रेडियो शान्त था। कुछ दिनों बाद मुझे मिस्ड कॉल आया, जिसे मैंने अनदेखा कर दिया। फिर ई-मेल आया जिसमें सिर्फ़ लिखा था, "बहुत धन्यवाद।"

उसी किताब को दूसरे शीर्षक के साथ वेनिटी प्रेस द्वारा छापा गया। एक्स ने मुझको इसकी प्रति अपने हस्ताक्षर समेत भेजी। उसमें लिखा था : "मेरे पहले पाठक और आलोचक के लिए।"

7
विरासत-एक

मैं अपने फ़ोन को सदैव पूर्णत: चार्ज रखती हूँ, जो बड़े शहर में किसी परेशानी का सबब नहीं होता। हाँ बेशक, पहाड़ों में सम्पर्क की समस्या रहती है। तो मैंने इसका बेहतर इस्तेमाल करना तय किया और रोज़िंका की यादों को सहेजने लगी।

"ठीक है!" उन्होंने कहा। "ठीक है!! चलो अतीत को याद करें एक बार–लेकिन पहले मेरे लिए सिगरेट जला दो। मुझे सिगरेट चाहिए।"

उन्होंने सिगरेट निकाली और चाँदी के नफ़ीस जालीदार बटुए से लाइटर निकाला जो उनकी बग़ल में पड़ा था और उसके नाख़ून जैसे हाथ की गिरफ़्त में पकड़े रखा।

मैं भौंचक्की होकर उन्हें देखती रही। मैंने हैरत से कहा, "आप तो सिगरेट फूँक उस्ताद हैं!"

"अरे छोड़ो, छोड़ो, सुनो मेरी बच्ची!" उन्होंने फुसलाते हुए कहा। "मैं तो बस जलती लकड़ी की तरह हाथ में पकड़े रहूँगी। मैं धुआँ भीतर थोड़े ही खींचूँगी–इसे अन्दर खींचने के लिए अब मैं जवान नहीं रही।"

मैंने उनकी बात में हामी भरी। इस सिगरेट का धुआँ, बारिश की ख़ुशबू, धतूरे की झिरझिराती महक–यह सब कुछ उस लम्हे के भीतर तिलिस्म पैदा करता है। वे अपनी आँखें बन्द करती हैं और धुआँ अन्दर खींचने का ढोंग करती हैं। उनकी आँखों की पलकों पर जामुनी रंग का पाउडर लगा था। मैंने इन्तज़ार किया।

उनकी आँखें बन्द रहीं। क्या वे झपकी लेने लगी थीं? उनके बाहर निकले हाथों की उँगुलियों में फँसी सिगरेट से राख गिरने लगी थी।

अचानक वे उठीं और सीधी होकर बैठ गयीं। "मेरी कहानी...." स्वप्निल मुद्रा में कहा। "मैं तुम्हें अपनी कहानी बताऊँगी। लेकिन तुमको यक़ीन करना पड़ेगा।"

अपनी सिगरेट से एक लम्बा कश खींचा–इस बार सचमुच कश लिया–और मेरी तरफ़ सटीक धुएँ का छल्ला बनाकर छोड़ दिया। फिर उन्होंने लकड़ी के फ़र्श पर सिगरेट गिराकर पाँव में पहने लाल रंग की जूती, जिसका रंग उड़ गया था, से दबाकर उसके तले ढक दिया।

धुएँ के इस छल्ले का विलय हो गया, लेकिन चन्द लम्हों के लिए इसने मेरी निगाहों की चौखट में उनकी तस्वीर को जड़ दिया। मुझे लगा कि यह दृश्य मैं कभी नहीं भूलूँगी।

"मेरे नाना जी रूसी लोककथाकार थे।" उन्होंने बोलना आरम्भ किया। "कुछ लोगों का ख़याल था कि वे जासूस थे, लेकिन नहीं, वे आलिम-फ़ाज़िल और खोजी इन्सान थे। वह जाँबाज़ थे। वे दिन थे जब ग्रिम भाइयों के और लोककथाएँ पुनरुत्थान (तजदीद) की ओर थीं। विल्हेल्म और जैकब ग्रिम की तरह, मेरे नाना जी ईवान लोबोव भी तालीम और ज़बानों के जानकार थे। वे मेरे नाना थे। मैं उनसे कभी मिली नहीं। मेरे पास उनकी किताब है जो उन्होंने मेरे कमरे में रहते हुए लिखी थी।"

"आपने कहा कि आपकी स्कॉटिश नानी थीं..." मैंने बीच में उन्हें रोकते हुए कहा। "क्या वे उनकी पत्नी थीं?"

तेज़ खड़खड़ाती खाँसी के साथ वह खाँसने लगीं। मैं घबड़ा उठी और तुरन्त रसोई जाकर उनके लिए थोड़ा पानी ले आयी। जब मैं लौटी, तब तक वे अदृश्य हो गयी थीं। मैं उनके सीढ़ियों पर चढ़ने की आवाज़ सुन सकती थी, मैं उनके पीछे चल दी–लेकिन वह अपने सोने के कमरे में जा चुकी थीं। "मुझे जाने दो," उन्होंने अपने दरवाज़े को बन्द करते हुए कहा। "उस अतीत का कोई वजूद नहीं है। मैं वहाँ जाना नहीं चाहती।"

मैंने अगले कुछ दिनों तक उन्हें उनके हाल पर छोड़ दिया। उनकी यादों को सहेजने के लिए धीरज की ज़रूरत थी। फिर मैं भी किसी हड़बड़ी में नहीं थी।

मैंने उनकी ज़िन्दगी के बारे में ख़ास बातों को याद करने की कोशिश की, लेकिन ये सब इन्तहाई अधूरी थीं। मैंने घर के चारों तरफ़ मुमकिन सुराग़ों में से खोजने का प्रयत्न किया, लेकिन उससे बहुत कुछ हाथ नहीं लगा।

रोज़िंका और बड़ी अम्मा दोपहर को झपकी ले रही थीं। घर में एकदम शान्ति थी। मैं इन शान्त कमरों में यादों के बचे-खुचे अवशेषों को ख़ुफ़िया तौर से ढूँढ़ने के लिए दबे पाँव घूम रही थी।

घर के पीछे की तरफ़ के कमरे को एक समय में लाइब्रेरी कहा जाता था। अब वहाँ नाममात्र किताबें भी नहीं थीं, महज़ गत्तों के डिब्बों के अम्बार थे और डरावनी दिखने वाली कुछ चीज़ों के ढेर थे, जिन्हें मैली चादरों से ढक दिया गया था।

दीवारें चित्रों से जीवन्त थीं। ये ख़ूबसूरत, जानी-पहचानी और धूल में सनी थीं। मैं पहाड़ और बादलों एवं फफूँद के धब्बों को देख सकती थी।

मैंने एक बार किसी शौक़िया कला इतिहासकार की किताब सम्पादित की थी। उन्होंने पुराने चित्रों को साफ़ करने के लिए डबल रोटी के टुकड़ों के बारे में बताया था। मैंने भी वही किया।

पहला चित्र रेरिख़ का था। निकोलाय रेरिख़। दूसरे पर चित्रकार के दस्तख़त भी थे। तीसरा, चित्र बिना दस्तख़ के था। इन सभी पर तारीख़ नहीं थी।

मैं अपनी खोज से बेहद ख़ुश थी, लेकिन मैंने अपने उल्लास को किसी के साथ ज़ाहिर नहीं किया। मैं सावधानी से क़दम रखूँ, ऐसा ख़याल आया।

हम रात का खाना खा रहे थे। घर के माली की पत्नी पार्वती ने शानदार पहाड़ी खाना पकाया था जिसने अरबी, गाजर, आलू और मटर की रसेदार तरकारी बनायी थी।

"नीना कहाँ हैं?" रोज़िंका ने पूछा। उनके स्वर में तीक्ष्णता थी।

बड़ी अम्मा ने अनिच्छुक भाव से सिर को इस तरह हिलाया जिसका अर्थ कुछ भी हो सकता था। "नीना कहाँ हैं?" उसने पार्वती से पूछा।

पार्वती ने कन्धों को उचकाते हुए जवाब व्यक्त दिया।

"लेकिन नीना कौन है?" मैंने आमतौर पर बोलने की आवाज़ से थोड़ी ऊँची आवाज़ में बोला। मेरे सवाल को दोनों ने अनसुना करते हुए रसेदार आलुओं को खाना जारी रखा। पार्वती वापस रसोई की तरफ़ चली गयी।

खाने के बाद, बड़ी अम्मा ने पार्वती से थोड़ी मसाला चाय बनाने के लिए कहा।

"इति, क्या तुम थोड़ी बढ़िया शराब पोओगी?" रोज़िंका ने तक़ाज़ा किया। मैंने मना कर दिया।

"लिली कुछ ब्रांडी लाओ..." रोज़िंका ने मेरी नानी से कहा।

"मैं लाती हूँ," मैंने कहा, हालाँकि मैंने बड़ी अम्मा को अपना सिर हिलाते हुए देखा जैसेकि इशारा कर रही हों कि मैं उसे न लाऊँ।

अलमारी से चाबी लटक रही थी। भीतर पर्याप्त मात्रा में शराब रखी थी, जिसमें व्हिस्की और वोडका व जिन थी तथा निचले ख़ाने में ख़ाली बोतलें पंक्तिबद्ध पड़ी थीं।

"यह रेमी मर्टिन," रोज़िंका ने आदेश दिया, "इस हरी बोतल में।"

जैसा मुझे बताया गया, मैंने वैसा ही किया और उस बोतल व दो ब्रांडी गिलास समेत मेज़ पर वापस लौटी।

"मैं आपके साथ पीऊँगी, रोज़िंका," मैंने कहा। बड़ी अम्मा ने मुझे ध्यान से देखा। "चलो वहाँ आग के पास बैठते हैं," उन्होंने कहा।

"हाँ तो यह नीना कौन है?" जैसे ही हम बुझती आग के सामने बैठे, मैंने फिर से पूछा, "वह कहती है कि मुझसे सम्बन्धित है।"

"नीना कहती है वह वही है जो उस समय वह सोचती है वह है।" रोज़िंका ने कहा, "हालाँकि उस मुहूर्त तक ही।"

मैं उनके इस खेल से अधीर हो रही थी।

"आप दोनों मुझसे क्या छिपाने की कोशिश कर रही हैं?" अपनी आवाज़ को शान्त करते हुए, मैंने पूछा। कॉन्येक ने मेरे गले को जला दिया था, लेकिन गले से नीचे उतरते ही मुझे आराम मिला।

"नीना से तुम्हारा कोई नाता नहीं है," रोज़िंका ने ध्यानपूर्वक कहा। "अगर कहीं कोई रिश्ता है तो वह लम्बे और घुमावदार रास्ते से होकर मेरे साथ जुड़ता है।"

"लेकिन कैसे–और कब–यहाँ आयी और अपने आप को दत्तक पोती का रिश्ता स्थापित किया?"

रोज़िंका ने अपनी कॉन्येक को पीना जारी रखा। क्या कहा, "पोती?" "यह दिलचस्प बात है कि तुम ऐसा कहो। हर रिश्ते को ऐसे आसानी से नाम नहीं दिया जा सकता। वह भी इस जगह से उस तरह जुड़ी है जैसेकि तुम जुड़ी हो।"

यह अपमान या नीचा दिखाना नहीं था, लेकिन उसका भीतरी अर्थ साफ़ था–कम से कम मुझे स्पष्ट था। मैंने अपना तरीक़ा बदलना तय किया।

अब रोज़िंका कॉन्येक का दूसरा गिलास पी रही थी।

जैसे ही उन्होंने अपने मुँह में तरल पेय को सरसराते हुए पिया तो वह मुस्कारायी।

"लाइब्रेरी में मुझे बेहद सुन्दर तस्वीर मिली है," मैंने कहा। "दो रेरिख़ की मौलिक कृतियाँ।"

"ओह अच्छा!" उन्होंने जवाब दिया। "और वहाँ तीसरी तस्वीर भी है, लेकिन उस पर दस्तख़त नहीं है।"

मैंने उत्साहवर्धक होकर कहा, "वे बेहद सम्मोहक हैं।" सम्मोहक शब्द कोई आसान शब्द नहीं आम बोलचाल में, लेकिन मैंने उसका इस्तेमाल किया। वे सम्मोहक थीं। मैंने उनको यह नहीं बताया कि रसोई की डबल रोटी से मैंने उन्हें साफ़ किया था।

"सम्मोहक क्या है?" किसी प्रसन्नतापूर्वक स्वर ने प्रश्न किया।

वह नीना थी, जिसने फ़लानैल के बटनधारी सौम्य रात्रि पोशाक पहने, बालों में दो चोटियाँ बनायी थीं। उसकी आँखें काली थीं।

"लाइब्रेरी में रेरिख़ की तस्वीरें," रोज़िंका ने उत्तर दिया। "वे दोनों। और वहाँ मेरा रूपचित्र है जिसे एलिज़ाबेथ ब्रूनर ने बनाया था, बहुत समय पहले।"

"उनकी क़ीमत कई गुना होगी," अपने रंगीन नाख़ूनवाली उँगलियों को मेज़ पर बजाते हुए उन्होंने बात जारी रखी। "इसलिए मैं उनके बारे में किसी को बताती नहीं हूँ।"

बड़ी अम्मा ने अधिकार जमाते हुए कहा, "अब सबको सोने चलना चाहिए।" कॉन्येक की बोतल को उठाते हुए उन्होंने कहा। "उम्मीद करती हूँ कि तुमने खाना खा लिया होगा, नीना, क्योंकि अब तुमको खाना नहीं मिलेगा।"

"चिन्ता न करें–मैं रसोई में कुछ बन्दोबस्त कर लूँगी," नीना ने कहा, "गुड नाइट ग्रैंड माँ (शुभरात्रि नानी), रोज़िंका! गुड नाइट ग्रैंड माँ (शुभरात्रि नानी), लिली!"

उसने मेरा ज़िक्र नहीं किया। "गुड नाइट लिटिल, नीना!" सोने के कमरे की तरफ़ जाते हुए मैंने नरमी से कहा।

अगली सुबह मैं रोशनदान पर खुट-खुट की फ़ौरी आवाज़ से जागी। यह मैगपाई था–वही मैगपाई जिसे मैं अपना मैगपाई मानने लगी थी। मुझे लगा कि वह मेरे साथ बातचीत का सिलसिला शुरू करना चाहता है। मैं बालकनी में दाख़िल हुई। उसने अपने पंख फैलाये और उड़ गयी।

आज धूप का फैलाव एक समान नहीं था और बारिश भी रुक-रुककर हो रही थी। मैंने तय किया कि मैं बाहर पैदल सैर के लिए जाऊँगी और खाता खुमानी की सामान्य दिशा में चल पड़ी, जहाँ मेरी नानी का पुराना घर होता था। यहाँ का मंज़र पहले जैसा नहीं दिख रहा था। बस मेरे सामने एक छोर से दूसरे छोर तक कभी न ख़त्म होने वाली इमारतों की भरमार थी।

जैसे ही मैं पहाड़ी के पीछे से घूमी, तभी अचानक मेरा फ़ोन काम करने लगा। मैं दुनिया के सम्पर्क में फिर लौट आयी थी। कुछ सन्देश थे प्रकाशन कम्पनियों से, दो बेचैन लेखक, मुझे मालूम नहीं लेकिन किसी ने कुछ आक्षेप किये थे, और मेरे स्कूल समूह के बहुत से पैग़ाम थे। मैं बाद में इन सबको जवाब दूँगी, मैंने अपने आप से कहा। कभी-कभी सभी बहुत दूर प्रतीत होते हैं, जो कुछ हद तक अवास्तविक है।

मेरी दाहिनी ओर प्रचण्ड निर्माण चल रहा था। पहाड़ी खच्चरें अपनी पीठ पर भवन-निर्माण की सामग्री लेकर धैर्य से उन्हें उतार लेने का इन्तज़ार कर रहे थे। एलिसियन कॉडोमिनियम–अ माउंटेन पैराडाइस नज़दीक आ रहा था।

मैंने डाचा लौटने के लिए अपने क़दम वापिसी की दिशा में बढ़ाये। यह देखकर मन में विक्षोभ पैदा हुआ कि दुनिया जल्द से जल्द क़ब्ज़ा जमा रही है।

मैं थोड़ी देर के लिए बाग़ीचे में मैगपाई के साथ संगत देने बैठ गयी। उसने मेरे ऊपर इर्दगिर्द चक्कर काटने से पहले कोरविड बोली में कुछ जल्दी-जल्दी बक-बक की और फिर फुर्र से उड़ गया। वहाँ से गुज़रते हुए उसने कुछ जगमगाती और चमकदार चीज़ ज़मीन पर गिरायी।

यह अँगूठी थी। यह कोई सोने की अँगूठी थी जिसमें अनियमित आकार का पत्थर जड़ा था। यह पुरानी अँगूठी थी। मुझे लगा कि मैंने इसको कहीं देखा है, लेकिन मैं याद नहीं कर पायी। मैं इसे अपने साथ अन्दर ले आयी। इसको मैं रोज़िंका के हाथ के पंजे जिन पर नेल पॉलिश थी, उन उँगलियों में पहने कल्पना कर पायी। ज़रूर यह अँगूठी उनकी होगी, जिसे चोर मैगपाई ने अब लौटा दिया था।

वे दोनों औरतें ख़ुशमिज़ाज थीं। ऐसा लगा कि नीना ने एक के बाद एक दोनों को बारी-बारी से नदारद कर दिया। मैंने कॉफ़ी को मापा और तैयार होने का इन्तज़ार करने लगी।

उधर वे लोग अतीत के बारे में बात कर रहे थे। "आपको याद है

जब..." दोस्ती। मैंने उत्साह से सोचा, ये कितने भाग्यशाली थे कि ये लोग एक-दूसरे के लिए मौजूद हैं।

बड़ी अम्मा और रोज़िंका के रिश्ते की गर्माहट। इसकी सुगमता। इसने मुझे अपनी निजी ज़िन्दगी पर नज़र डालने के लिए प्रेरित किया है। प्रेम के एवज़ में दोस्ती बेहतर विकल्प बन सकता है। मेरे ख़याल से आप दोनों के लिए साहस चाहिए और मुझमें यह कभी नहीं था–स्नेह करने के लिए जो जोखिम उठाना पड़ता है, उसके लिए भी साहस चाहिए। और आपको ज़रूरत है विश्वास की–अपने आप में, सबसे ज़्यादा। बड़ी बात कि आपको अपने भीतर विश्वास होना चाहिए। मुझमें वह भी नहीं था।

मैं इस मन:स्थिति में हूँ ताकि इसका आरोप किसी पर डाल सकूँ। किसी पर इल्ज़ाम लगाऊँ। मैं अपनी माँ के चेहरे को बड़ी अम्मा के चेहरे में देखती हूँ। कभी-कभी जब मैं उनकी छवि का तसव्वुर करती हूँ तो मुझे उसमें अपना अक्स दिखाई पड़ता है। इसका दोष मैं उन पर डालूँगी। यह कुछ ऐसी रात थी।

मेरी माँ और मुझमें ऐसा क्या था? जब मैं बड़ी अम्मा के साथ होती हूँ, तो मैं ख़ुद को बेहतर और सक्षम महसूस करती हूँ। मुझे एहसास होता है कि मैं उनके किसी हिस्से से जुड़ी हूँ, और वह मेरा अंग है, बावजूद इसके कि हम दूर-दूर तक भी एक-दूसरे से मेल नहीं खाते। रोज़िंका मेरे लिए प्रेरक है, वह मुझे जीवन्त रखती है, हालाँकि मैं सदैव उनकी आलोचक रही हूँ और वास्तव में सचेत रहती हूँ। और वह मुझे प्रेम करती हैं–सचमुच में करती हैं।

लेकिन मेरी माँ। अगर वह मेरी माँ थीं। उन्होंने मुझे जर्जर बनाया। क्या वह मुझसे डरती थीं या फिर उनकी ज़िन्दगी का वह हिस्सा जिसे मैं दर्शाती थी? वह आयीं मेरे पास सदैव हारे हुए शख़्स की तरह पराजित हाव-भाव के साथ या फिर ऐसे इन्सान की तरह जिसने कभी प्रयास ही न किया हो।

इसका नुक़सान क्या चुकाना पड़ा?

वह मुझे अन्दर से खा गयी थीं। वह निःशून्य और खोखली थीं। वह जीवन का सामना करने के लिए सज्जित नहीं थीं और यही वह रोग था जो उन्होंने मुझको दिया।

वह निर्वाह करने में असमर्थ थीं। वह ज़िन्दगी का सामना करने में असफल रहीं। कम से कम मेरी समझ तो यही कहती थी और सम्भवतः यह अनुचित निर्मिति हो। क्यों न हो, क्योंकि मैं उन्हें कभी जान नहीं पायी। मुझे उनका तसव्वुर करना था तो मैं कैसे उसका आह्वान करूँ।

उन्होंने मेरे बाप के परित्याग को सहा और दूसरे परिवार के साथ दूसरी ज़िन्दगी तलाश ली। मुझे छोड़कर अपना काम जारी रखा। अपनी तरह से वह साहसी और निष्ठुर रही थीं।

नहीं। मेरे ख़याल से वह जिन्दगी की अन्धे दरिया में बिखरे टुकड़े की तरह बह रही थीं। जैसे कोई गुदड़ गुड़िया। उन्होंने कुछ तय नहीं किया कि उन्हें किस दिशा में बहना है। उनका कोई अपना निर्णय नहीं था। वह उस बहाव में बह गयीं, जहाँ तक जलधारा उन्हें अपने साथ ले गयी क्योंकि उनकी अपनी कोई इच्छा नहीं थी और न ही मस्तिष्क में कोई विचार था।

मुझे अपनी माँ के प्रति स्नेह करने में कशमकश से गुज़रना पड़ा। मैंने वास्तव में ऐसा किया। लेकिन उसका अन्त सदैव आपदा में बदल गया। मुझे याद है, वह समय जब मैंने नये साल पर संकल्प लिया कि मैं उनसे सम्पर्क करूँगी। मैं चुपचाप पंजों के बल चलते हुए उनके कमरे में गयी और अपनी बाँहों को उनके कन्धों पर डाल दिया। हम स्कूल में लिटिल वुमेन पढ़ रहे थे और कहानी ने प्यारी बेटी बनने के निश्चय की चिनगारी जाग्रत करने में मदद दी थी। मैंने बदसलीक़े से उनके गाल को चूम लिया था। उनकी काँख से बदबू आ रही थी। उनका स्वेटर सड़ी गन्ध मार रहा था, जिसमें लहसुन और प्याज़ की बदबू की परतें चढ़ी थीं जो रसोई के भीतर बे-लुत्फ़ किये श्रम का नतीजा था। इसके अलावा और

एक गन्ध थी, जिसके बारे में मैं ठीक-ठीक नहीं बता सकती, लेकिन वह गन्ध बदबूदार और घिनौनी थी।

उस गलाघोंट गन्ध से मैं चिल्लायी "छी!", और उन्हें दूसरी तरफ़ धकिया दिया। मेरी माँ का चेहरा सिकुड़ गया। ऐसा लगा कि वे रो देंगी, लेकिन उन्होंने अपने आँसुओं को रोक लिया।

मुझे इस व्यवहार का पश्चात्ताप हुआ और मैंने नज़दीक जाकर उनकी बाँह को सहलाना शुरू किया, जैसेकि वह किसी दोस्त के कुत्ते का बच्चा हों और मैं महज़ अपनी उपकारी दर्शा रही थी। फिर मैंने ख़ुद को अलग करते हुए कमरे से बाहर चली गयी। उनके नज़दीक जाने का यह मेरा आख़िरी प्रयास था।

8

विरासत-दो

इस तरह कई दिन बीत गये, डाचा के शाश्वत आदी वातावरण में, जो जीवन का अंग बन चुका था।

एक दोपहर को, इति घर के इर्दगिर्द चुपचाप जासूसी करने निकली ताकि रोज़िंका के अतीत से जुड़े संकेतों और उन पर से पर्दा हटाने की अपनी परियोजना के लिए संग्रह करे।

जब वह पुराने पुस्तकालय में दाख़िल हुई, मानो कोई आघात उसकी प्रतीक्षा में था। रेरिख़ की वे दो तस्वीरें वहाँ नहीं थीं। वे दोनों तस्वीरें फ्रेम से ग़ायब थीं।

लगता था कि किसी नौसिखिये अन्दाज़ और जल्दबाज़ी में उन्हें काटकर निकाल लिया गया था। गिलट के फ्रेम के दाँतदार कोनों में रंग और चित्र चिपके रह गये थे। इति को ऐसा लगा जैसे वह किसी हत्या की जगह पर आ गयी थी। यह उल्लंघन, अपवित्रीकरण और दूषित करना था।

(इसमें) मैं क्या कर सकती थी? इससे कोई मदद नहीं मिलेगी कि चिल्लाकर रोज़िंका और बड़ी अम्मा के सामने चोरी का डंका पीटूँ। इस उम्र में वह किसी तरह के सदमे के लिए तैयार नहीं थीं। मैं उनके उठने का इन्तज़ार करूँगी जब वह दोपहर की नींद से उठें और चाय पीने बाहर आयें तब उनको बताऊँगी।

मैं माली, पूरन दा और उनकी पत्नी पार्वती की तलाश में चल पड़ी। किसी को तो बताना ही था। वे चोर–मैंने इन चोरों के बारे में सोचा

और इस नतीजे पर पहुँची कि ज़रूर यह दुकड़ी होगी—और बहुत दूर न जाकर अभी घर के आसपास ही चक्कर लगा रही होगी। यहाँ इतने अजनबी—सैलानी, टैक्सी चालक, आवास निर्माण में जुड़े मज़दूर और एस्टेट एजेंट—कुमाऊँ से काम के सिलसिले में गुज़रते हैं।

तभी अचानक घबड़ाहट जाग उठी। क्या बड़ी अम्मा और रोज़िंका सुरक्षित थे? और नीना?

पार्वती पिछवाड़े के बाग़ीचे में बैठकर उगी सब्ज़ियों की पट्टी को निहार रही थी। "पार्वती, मेरे साथ आओ!" मैंने कहा, और खींचकर उसे अपने साथ घर की तरफ़ ले गयी।

पहले रोज़िंका के कमरे की तरफ़, जहाँ भारी कपड़े के परदे लगे थे। वह मेरे एक बार खटखटाने से जाग गयीं। "अन्दर आओ, इति," वह धीरज से बोलीं। "क्या है? तुम घबड़ायी लग रही हो।"

"रोज़िंका, मैं बात करना चाहती हूँ," मैं बड़बड़ाई। "चोरी हुई है—इस घर में—यहाँ!"

उन्हें ऐसा लगा जैसेकि मैं दिल्लगी कर रही हूँ। "वह बड़ा चोर हर रोज़ यहाँ के चक्कर लगा रहा है," उन्होंने जवाब दिया, "लेकिन हम दो औरतें उसे भीतर घुसने नहीं दे रही, सर, आप नहीं आ सकते!!" इसके बाद थोड़ी हँसी निकली, थोड़ी खिलखिलाहट, सचमुच।

इसके बाद अधिक साधारण कमरे की तरफ़ बढ़े जो बड़ी अम्मा का था। वहाँ पर मेरी माँ की तस्वीर लगी थी जब वह स्कूल में पढ़ती थीं, और एक चित्र नीम करौली बाबा का लगा था। मुझे अजीब लगा कि वहाँ किसी दीवार पर या उनके सिरहाने की ओर लगी मेज़ पर मेरी कोई तस्वीर नहीं लगी थी।

बड़ी अम्मा आहिस्ता से खर्राटे ले रही थीं। उनके मुँह के किनारे की तरफ़ थूक का बुलबुला साँस ले रहा था। पार्वती और मैं सावधानी से पंजों के बल चलते हुए कमरे से बाहर आ गये। यह सोचकर कि वह जल्द ही उठ जायेंगी।

फिर नीचे नीना के कमरे की ओर गये। हमने खटखटाया लेकिन कोई जवाब नहीं आया। भीतर के परदे लगे हुए थे और अन्दर अँधेरा था। मैंने बत्ती जलायी और पार्वती ने परदों को हटाया ताकि पीछे के बाग़ीचे और सब्ज़ियों की पट्टी को देख सकें, जहाँ सीताफल की बेलों पर फूल खिले थे।

नीना वहाँ पर नहीं थी। किनारे कुछ सिकुड़े और मैले कपड़े पड़े थे। बिस्तर बेतरतीब-सा लगा हुआ था। तम्बाकू की अचूक गन्ध कमरे में पसरी थी। फ़र्श पर कुछ साफ़ सेनेटरी पैड पड़े थे।

देखने से लगा जैसेकि कोई जल्दबाज़ी में कमरे से बाहर निकला है। मेज़ पर पीले रंग की लाइनोंवाला काग़ज़ जिस पर कुछ सन्देश लिखा था, वहाँ रखा था।

"बड़ी अम्मा और रोज़िंका। आपने मेरा परित्याग किया। सबने मुझसे बेवफ़ाई की। सिवाय अविनाश के। वह चित्रकार और कलाकार है। मैं उसके साथ जा रही हूँ। मैं सबसे महँगी तस्वीर बतौर अपने दहेज के रूप में ले जा रही हूँ। आख़िरकार, यह मेरी भी विरासत है। आपकी, नीना।"

इसके बाद, मैंने यह नोट रोज़िंका को दिखाया। मुझे लगा कि इसे देखकर उन्हें लगा मानो उनके गले की फाँस बाहर आ गयी हो। "चलो, जो है, सो है," उन्होंने कहा। "हो सकता है कि उसको वहाँ कहीं ज़्यादा ख़ुशहाल ज़िन्दगी मिल जाये। लेकिन मुझे यह अविनाश नाम पसन्द नहीं है। पता नहीं लेकिन इस नाम से मनहूसियत की बू आती है।"

बड़ी अम्मा ज़्यादा चिन्तित होंगी, मेरी ऐसी अपेक्षा थी, लेकिन उनके मुँह पर कोई प्रतिक्रिया नहीं थी। उनके चेहरे पर नक़ाब था और वे चुप रहीं।

"लेकिन वे तस्वीरें महँगी थीं!" मैं हैरत से बोल पड़ी। "वे अनमोल थीं। आपको पुलिस को ख़बर करना चाहिए!"

रोज़िंका पक्षपातपूर्ण ढंग से मुस्कारायीं। "वे महज़ तस्वीरें ही तो थीं,

मेरे बच्चे!" उन्होंने नाज़ व्यक्त करते हुए कहा। "कैनवस पर उतारे रंगीन धब्बों के आकार। ज़िन्दगी इससे कहीं ज़्यादा अहम है।"

"नीना ने उन्हें काटकर निकाला है।" मैंने कहा। "आपको कुछ करना चाहिए।"

"जवानी जवानों पर व्यर्थ करना है," रोज़िंका ने ध्यान मग्न होकर कहा। "किसी समय मैं भी जवान थी। युवा होने की तड़प बनी रहती है।"

उसकी आँखों में शरारती चमक दिखाई दी। "क्या तुम कभी जवान थी, इति?" उन्होंने काल्पनिक भाव में कहा। "मेरे ख़याल से शायद नहीं।"

मुझे यह अपमान महसूस हुआ, जैसे कोई निजी ताना मारे। मुझे ठेस लगी। मैंने उस तन्क़ीदी फ़िक़रे को अनदेखा करने की कोशिश की और उनकी तरफ़ निशाना साधते हुए, मैंने बहादुरी से जवाब दिया। "दूसरी ओर आप रोज़िंका सदाबहार–सदा जवान हैं।"

यहाँ पर बड़ी अम्मा बातचीत में दाख़िल हुईं। "चित्रों का महत्त्व है," उन्होंने कहा, "लेकिन नीना भी महत्त्वपूर्ण है। वह जवान और नासमझ है। हमें उसे अवश्य ढूँढ़ना होगा।"

"हमें उसको ज़रूर खोजना होगा," मैंने कहा। "शायद हमें पुलिस को बताना चाहिए। लेकिन मैं यह जानना चाहती हूँ–मुझे यह पता होना चाहिए–क्या अगर मैं नीना से सम्बन्धित हूँ।"

बड़ी अम्मा ने मेरा हाथ अपने हाथ में लिया और उसे धीरे से सहलाया। उन्होंने मेरी आँखों में झाँका।

"नहीं, इति, नीना तुम से सम्बन्धित नहीं है या मुझसे या तुम्हारी माँ से। इसके अलावा कुछ भी जानने के लिए बेहतर होगा कि तुम रोज़िंका से पूछो।"

रोज़िंका त्योरियों से बड़ी अम्मा को इशारा कर रही थीं। "कुछ मत कहो," वह फुसफुसायीं।

"मैं आपको सुन सकती हूँ, रोज़िंका, अभी मैं बहरी नहीं हुई हूँ," मैंने चुभते स्वर में कहा। "कृपया इस मूर्खतापूर्ण रहस्य से परदा उठाइए।"

"नीना कथित तौर पर मेरे पति की बहन की पोती है," रोज़िंका ने भव्यता के साथ कहा। "वह बहन इस घर में कई वर्षों तक रही। तुम्हारी नानी उसे जानती थी। वह बुद्धू औरत थी। शायद, थोड़ी कम अक़्ल भी थी। मैं उसे किस क़दर हिक़ारत से देखती थी।"

"यह बहन–मेरी भाभी थी–उसकी बेटी थी वह जो घर छोड़कर चली गयी थी। उसके प्रेमी ने उसे गर्भवती करके छोड़ दिया और उसके बाद उसने इज़्ज़तदार क़दम उठाया और इससे पहले कि वह अपनी जान लेती, उसने बच्चे को अनाथालय में छोड़ दिया और मर गयी। वह बच्चा नीना थी, जिसे किसी समय परिवार के लोग यहाँ ले आये।"

रोज़िंका तथ्यों के साथ सदैव किफ़ायती रहती थीं। उनके लिए इतना सब कुछ कहने का मतलब बहुत जानकारी देना था। अभी भी बताने के लिए बहुत कुछ बाक़ी था।

"परिवार के उस हिस्से ने बँगले के एक भाग पर हिस्सेदारी के लिए कोर्ट में मुक़दमा कर दिया। मुझे अपनी ताक़त और प्रभाव का इस्तेमाल करके मोटी रक़म देकर मुक़दमे को ख़त्म करवाना पड़ा। उसके बाद नीना यहाँ आयी, उसने इस सम्पत्ति में अपना हिस्सा माँगा। मुझे मालूम नहीं, इसके लिए कौन उसको बहका रहा था–उसके जाने-पहचानों में से ज़्यादातर लोग गुज़र चुके हैं। मेरी भी उम्र नहीं है कि मैं इस तरह की बेवकूफ़ी में अपने पाँव फँसाऊँ तो मैंने कह दिया कि वह लिली की पोती है। और तुम्हारी नेक बड़ी अम्मा ने भी मेरा साथ दिया। आख़िरकार, इस मामले की वजह से उनकी शान्ति भी भंग हो रही थी।"

"आपने अपनी नतिनी के साथ झूठ बोला?" मैंने पूछा।

"हाँ बिल्कुल, मैंने ऐसा किया," रोज़िंका ने रूखेपन से जवाब दिया। "अच्छा क्या हम इस बात को यहाँ बन्द कर सकते हैं। वैसे भी, सच कहूँ इति, इससे तुम्हारा कोई सरोकार नहीं।"

इसके बाद ऐसा लगा कि डाचा सुखद जीवन की जगह नहीं रही। दो बदसूरत बूढ़ी औरतें अपने इख़्तियार और ताक़त से जवान लड़की को गुमराह कर रही थीं। इस तरह की हरकत को अंजाम देना रोज़िंका के

लिए स्वाभाविक रहा होगा, लेकिन मेरी नानी मिलकर सुर में सुर मिलाये, यह ठीक नहीं है। यह नागवार है। यह कहीं से दुरुस्त नहीं लगता।

मैं वहाँ से चली गयी और उनके छल-कपट से अपना ध्यान हटा लिया, मैं वापस पुस्तकालय गयी। अब मुझे मालूम था कि नीना चोर है, इसलिए मैं किसी सुराग़ को नहीं ढूँढ़ रही थी। मैं वहाँ गयी क्योंकि वह तीसरी तस्वीर, जिसे नहीं लिया था, वह मेरा ध्यान खींच रही थी। मैं बिना दस्तख़तवाली तस्वीर के रहस्य के बारे में ग़ौर करने लगी। कोई पहाड़ी औरत, फूलों के बाग़ में बसन्ती और सिन्दूरी रंग का कुमाऊँनी पिछौड़ा ओढ़े खड़ी है। उसने पारम्परिक बड़ी नाक की नथ पहनी है, और चाँदी का भारी हार। उसका कोई चेहरा नहीं है।

इसका अन्दाज़े-बयाँ इरादतन सीधा-सादा जिसमें कुछ विचित्र आधुनिकता की झलक भी थी। यह चित्रकार कौन हो सकता था?

ख़ाली फ्रेम की ओर देखते हुए उस अजीब चित्र के अलावा मेरे ख़यालों में नीना का चेहरा आया था। एक तरह से देखा जाये, बिना चेहरे के वह ख़ुद थी। वह अपने ख़ुद के बारे में क्या जानती थी? क्या वह जान सकती थी?

उस शाम को, मुझे नीना की कमी बुरी तरह से चुभी। उसकी अनुपस्थिति यथार्थ थी जैसेकि किसी को दुतकारना। अब वह कहाँ थी? आज उसकी आँखों का रंग क्या था? अविनाश कौन था?

ये जवान असुरक्षित और कभी-कभी बेवकूफ़ होते हैं। इनको ठेस आसानी से लगती है। मैं नीना के बारे में चिन्तित थी।

वह (अपनी दुनिया में) खो चुकी थी, अब मुझे उतना स्पष्ट हो गया था। उसके पास इन दो औरतों की ताक़त का एक अंश भी नहीं था जिनके पास उसने शरण ली थी, जो शायद मेरे पास थी।

ये दो महिलाएँ, रोज़िंका और लिली–उनका अपना जीवन और कर्म मार्ग एक-दूसरे से इतना अलग होते हुए भी उम्र के इस बृहद् पड़ाव पर विलीन होकर इकहरे अस्तित्व और एक-दूसरे पर आश्रित हो गया था। आज जो कुछ रोज़िंका ने मुझे बताया, साथ में बड़ी अम्मा का उसे सुनते

रहना और इनके इस आत्मलीन व्यवहार और नीना की तक़दीर के प्रति रोज़िंका की विमुखता से मेरा जी हल्की घिन्न से भर गया था। लेकिन साथ ही जीवन की ओर उनकी तल्लीनता और उनका ज़िन्दगी को अपनी शर्तों पर जीने के दृढ़निश्चय ने मुझे आकर्षित किया है।

मैं रोज़िंका और बड़ी अम्मा की ज़िन्दगी की कहानी को भी क़लमबन्द करूँगी। इस काम को कोई और नहीं बल्कि मैं करूँगी–कोई और नहीं है जो इसे लिपिबद्ध करे और याद रखे। जैसे रेरिख़ के चित्रों को काटकर बाहर निकाला गया, वैसे ही इनकी कहानियों को भी फ्रेम से काटकर बाहर निकालूँगी।

मैंने रोज़िंका को राज़ी किया कि वह अपनी कहानी बतायें। वह इसे चाहें जैसे सुनायें, अगर वह चाहें तो अपनी याददाश्त के सहारे चित्रित करके या अपनी कल्पना के ताने-बाने में पिरोकर सुना सकती हैं। हाँ, बड़ी अम्मा की कहानियाँ ज़रूर उनकी अपनी होंगी। जब बड़ी अम्मा अपनी यादों को बाँटेंगी तब रोज़िंका उनमें साफ़ तौर पर नज़र आयेंगी। वह उसमें नज़र न आयें, ऐसा कैसे हो सकता है?

बड़ी अम्मा और रोज़िंका। उनमें से एक, लिली, समझदार, ज़िद्दी, और अपनी बढ़ती उम्र को स्वीकृत करती हुई। दूसरी, 'द काउंटिस ऑन द हिल (पर्वत पर रहने वाले अमीर की बेगम)', दम्भी और भरपूर ऊर्जस्वी, कामनाओं और सपनों को सँजोने वाली। इनमें से कौन है जो जीवन-शक्ति का प्रतिनिधित्व करे? शायद दोनों। आपस में एक-दूसरे से गुँथे हुए।

9
कैफ़े और गुफा

यह पत्रिका इति की सदैव की साथी और स्वीकारोक्ति का स्थान बन गयी थी। इस सुन्दर लाइनोंवाली नोटबुक को महँगे मॉल में फ़र्माइशी सामान तैयार करने वाली दुकान से ख़रीदा था। उनके पास ख़ास नीली स्याही की जैल क़लम थी जो उसे लगा कि उसके मनमाफ़िक और उसकी नोटबुक की शैली से मेल खाती थी। उसके शब्दों के प्रवाह की रफ़्तार प्रचण्ड और तीव्र थी। लेकिन उसके हाथ की लिखाई का फैलाव और दोहरे अन्तर में लिखने की आदत, जिसकी वह आदी थी, का नतीजा यह हुआ कि काग़ज़ कम पड़ गये। यह उसको चिन्ता के रूप में सताने लगा। उसने तय किया कि वह नयी नोटबुक की तलाश में जायेगी।

पार्वती ने उसे बताया कि कुछ किलोमीटर नीचे की तरफ़ जाने पर जहाँ राजमार्ग का तिराहा आता है, वहाँ पर एक कैफ़े है जो किताबें और नोटबुक जैसी चीज़ें रखता है। "और महँगी कॉफ़ी और बासी खाना," वह बताती रही। "सम्भव है आपको वहाँ कुछ पुराने दोस्त भी मिल जायें।"

इसके बावजूद कि पूरे रास्ते में निर्माण के संकेत लगे थे, यह नीचे की ओर का रास्ता मनोहर सैर था। यह प्यारा-सा कैफ़े था, यहाँ इंटरनेट और किताबों के साथ-साथ जैविक बाजरे के बिस्कुट मिलते थे। यहाँ पर कमरों को किराये पर देने के लिए तख़्ती लगी थी जिस पर किरायें के कमरों के बारे में सूचनाएँ लगी थीं। इति ने मसाला चाय मँगवायी और आसपास देखने लगी। ढेरों पोस्टकार्ड यहाँ प्रदर्शित थे। लेकिन बटर पेपर के फ़ोल्डर में रखे हुए वे सुन्दर थे परन्तु हल्के से डरावने और

अलौकिक पर्वतयीय दृश्य थे। संचिका पर सिल्वर लिखाई में लिखा था, "इंस्टाग्राम कवि और कलाकार प्रेरक अविनाश आपके साथ हिमालय की यात्रा करेगा।"

"कृपया, क्या मैं आपके कमरे देख सकती हूँ?" इति ने युवक से पूछा जो काउंटर पर बैठा था जिसके रस्ताफ़ेरियन कुन्तल रूपी बाल थे।

"हमारे सभी कमरे भरे हुए हैं," उसने कहा, "लेकिन यदि आपकी दिलचस्पी हो तो, यहाँ पर गुफा है।"

"गुफा?" उसने पूछा। "यह काफ़ी दिलचस्प नाम है। इसके पहले मैंने कभी ऐसा नाम नहीं सुना।"

उसने दोस्ताना भाव दिखाते हुए आँख मारी। "मुझे यक़ीन है कि इसके पहले आपने कभी ऐसी जगह नहीं देखी होगी," उसने कहा। "अगर आप चाहें तो मैं आपको कहीं भी छुट्टियों के लिए लाजवाब अनुभव की जगहें दिखा सकता हूँ। यहाँ से थोड़ी दूरी पर ही हैं।"

उसने हैरानी से उसकी तरफ़ देखा और उसे वह काफ़ी पसन्द आया, हालाँकि उसे यक़ीन था कि रेरिख़ की तस्वीरें चुराने में वह नीना का सह-अपराधी रहा था।

"तो क्या आप इसे देखना चाहती हैं? वह गुफा?"

हामी भरते हुए इति ने सिर हिलाया।

मैंने सिर हिलाया क्योंकि मुझे नीना की ख़बर चाहिए थी और कोई भी सुराग स्वागत योग्य था। वह मुझे बाहर ले गया और वहाँ खड़ी मोटरसाइकिल की ओर इशारा किया। "क्या आप जाने के लिए तैयार हैं, डियर," उसने कहा और फिर आँख मारी। हम चल पड़े। उसने कैफ़े को बिना किसी की देख-रेख के छोड़ दिया।

वह गुफा महज़ एक गुफा जैसी थी। उसके सामने की ओर लकड़ी की बेंच और छोटा घेरा जिसके अन्दर बाग़ीचा था। सामने एक स्क्रीन दरवाज़ा और उस पर लाल छींटदार सूती कपड़े के परदे लगे थे, जिन्हें हटाकर हम साफ़-सुथरी ख़ाली जगह में दाख़िल हुए। जहाँ पर उभरी

चट्टानी दीवारें थीं। कमरे में पलंग, मुँह-हाथ धोने के लिए बेसिन और बैटरी से चलने वाली ट्यूब लाइट लगी थी।

मैंने साँस ली। यह भयावह दिखाई देता था। मुझे घुटन महसूस हुई। "मेरे लिए यह ठीक नहीं है," मैं फुसफुसायी और लड़खड़ाती हुई बाहर आ गयी।

"यहाँ बाहर भी शौचालय और नहाने का बन्दोबस्त है" उसने आगे बताया। "सैलानियों की पसन्दीदा जगह है।"

"कौन है–यह किसका विचार था?" मैंने पूछा। "और क्यों?"

"ज़मीन-जायदाद का कारोबार," उसने कहा, और फिर से आँख चलायी (शायद उसके लिए आँख मारना मुस्कराने का विकल्प था)। "मेरे चाचा जी यहाँ पर ध्यान लगाते थे। उनके स्वर्गवास के बाद मैंने यह कारोबार सँभाल लिया है।"

हम कैफ़े लौट आये। मैंने लाइनोंवाली नोटबुक ख़रीदी। "मैं इति हूँ", मैंने कहा, "इति आर्या।"

"मुझे मालूम है," उसने कहा। "और मैं अनिनाश हूँ।" इस बार उसने आँख नहीं मारी।

मैंने तय किया कि मैं इस बातचीत को जारी रखूँगी ताकि कुछ पता न चले। बेहतर होगा कि मैं इसके बारे में पहले रोज़िंका और बड़ी अम्मा से चर्चा करूँ।

"मिलकर बहुत अच्छा लगा, अविनाश!" मैंने कहा। "मैं सम्पर्क करूँगी।"

जब मैं वहाँ से चली तब मैंने देखा कि कोई सावधानी से ऊपर के कमरे की खिड़की से झाँक रहा था। वह नीना हो सकती थी। वह कोई और भी हो सकता है।

मैंने रोज़िंका और बड़ी अम्मा के सामने इस मामले को रखा, लेकिन ऐसा लगा कि उन्हें पहले से ही नीना के ठौर-ठिकाने के बारे में मालूम था।

"हम बूढ़े लोग हैं," बड़ी अम्मा ने कहा। "हम किसी मुसीबत को बुलावा देना नहीं चाहते हैं। हम कोई आफ़त नहीं चाहते।"

"वह लड़की कहाँ से आ गयी, पता नहीं," रोज़िंका ने कहा। "और अब वह कहाँ चली गयी, पता नहीं। वह सिरदर्द थी और इसलिए मैंने वे सब कष्ट उठाये ताकि उसे कभी उकसाया न जाये। बेहतर है कि सोते शेर को न जगाया जाये।"

"लेकिन वह कहीं नहीं गयी है," मैंने चुभोते हुए कहा। "वह पहाड़ियों के नीचे अपने प्रेमी के साथ है। क्या आपको पता है कि उन तस्वीरों की क़ीमत क्या है? वह किसी भी समय यहाँ घुसकर चोरी और लूटमार कर सकती है। वह आप दोनों को मार सकती है–आपका ख़ून कर सकती है!! और मुझे भी!"

"वह हमारे ऊपर उपकार करेगी," रोज़िंका ने घोषणा की। "हमने ख़ुदकुशी का समझौता किया है, तुम्हारी नानी और मैंने। जब हमें लगेगा कि ज़िन्दगी का बोझ उठाना बहुत भारी हो गया है, जब हम दोनों में से कोई भी बीमार हो जाये, तब हम ज़िन्दगी से निजात पा लेंगे। मेरे पास ख़ुदकुशी नोट तैयार है, जिसमें हम दोनों के दस्तख़त हैं। और मेरा रिवाल्वर।"

उन्होंने ये सब बिना किसी व्यंग्य, किसी विद्रूप से कहा। मेरा दिल लड़खड़ाने लगा। "लेकिन बड़ी अम्मा को गोली चलाना नहीं आता, उन्होंने कभी बन्दूक़ को सँभाला तक नहीं!" मैंने पागलों की तरह तर्क दिया सोचते हुए कि डूबते को तिनके का सहारा।

"तुम्हारी नानी ज़बर्दस्त निशानेबाज़ हैं," रोज़िंका ने धैर्य से उत्तर दिया। "हम अमर नहीं हैं, इति! हम सदा जीवित नहीं रह सकते। हमें कल के बारे में सोचना पड़ेगा।"

बड़ी अम्मा ने सहमति में सिर हिलाया और मुझे देखकर मुस्करायीं।

"इस घर का क्या होगा?" मैंने पूछा। "इसको क्या करेंगे?"

"इसके बारे में किसी और दिन बात करेंगे। आज अभी तक हम ज़िन्दा हैं और हमारा इरादा लम्बे समय तक ज़िन्दा रहने का है। तुमने मेरे

अतीत के बारे में पूछा था–उन पुराने दिनों के बारे में। मेरे ख़याल से हम आज शाम उन तस्वीरों को देखते हुए गुज़ार सकते हैं। मैंने उनको तैयार रखा है। इस तरह से कि 'हम देखें और बात करें'। "

उसने पार्वती की ओर देखकर सिर हिलाया, जो पहले से बातें सुन रही थी। जैसेकि ठीक मौक़े पर, वह बड़े हाथी दाँत से बने रंगीन धातु के डिब्बे को लायी और हमारे सामने रख दिया। इसके ऊपर सफ़ेद काग़ज़ को टेप से चिपकाया गया था। बैंगनी रंग की क़लम से घुमावदार लिखाई में 'रोज़ी' लिखा था।

मैंने पूछा, "रोज़ी?"

"मेरे लिए यह नीना का नाम है," रोज़िंका ने उत्तर दिया। "मेरे ख़याल से मैंने ऐसा स्नेही होकर कहा था। उसने इन तस्वीरों को तरतीब से रखने में मदद की थी।"

मैंने ग़ौर फ़रमाया कि उन्होंने 'है' कहा, 'था' नहीं। अब तक नीना को अपने जीवन से बाहर नहीं किया था।

हमने तस्वीरों को देखना शुरू किया। ये तस्वीरें विघटन के अलग-अलग चरणों में थीं। पुराने एल्बम ज़्यादा बेहतर ढंग से रखे गये थे। यह रोज़िंका की तस्वीर थी रेस्टोरेंट में बैठे हुए, उनके बाल ऊँचे बँधे थे, उनके कानों में विविध बहु-परतों की बालियाँ लटक रही थीं। कौतूहल-निगाहों से कोई आदमी जिसकी फूलगोभी जैसी नाक थी, वह उन्हें स्नेह से देख रहा था।

"पेरिस..." उन्होंने कहा। "पहले, बहुत अरसे पहले। वे मेरे पति थे। वह कोई बहुत ख़ूबसूरत नहीं थे, जैसाकि तुम ख़ुद देख सकती हो। इसलिए मैंने तय कर लिया था कि मैं इनसे औलाद नहीं पैदा करूँगी। और दूसरा कोई विकल्प कभी बना नहीं।"

"रोज़िंका, क्या तुमको चश्मे की ज़रूरत नहीं है?" मैंने जिज्ञासा से पूछा। "मैं तो इनके बिना अपनी नाक के आगे कुछ देख नहीं पाती हूँ।"

"आँखें उम्र के साथ लौट आती हैं," उसने जवाब दिया। "इसको कहते हैं 'दूसरी नज़र'। तुम चाहो तो मैं तुम्हारे लिए सुई में धागा डाल सकती हूँ।"

उन्होंने अपनी गोदी में रखे एल्बम का एक और पृष्ठ पलटा। "इस फ़ोटो को देखो मैं गेटवे ऑफ़ इंडिया के पास खड़ी हूँ। हम ताज में ठहरे थे–वही क़दीम ताज और उसके सबसे सुन्दर और बढ़िया कमरे में।"

और तस्वीरों को देखने का सिलसिला जारी रहा। वह सभी तस्वीरों में शानदार और झिलमिलाती नज़र आयीं। गहरे रंग की लिपस्टिक (कपड़ों के उत्कट काले रंग और उन पर काली और सफ़ेद चमकीली छपाई), भौंहों की लाइनों के घुमाव स्पष्ट थे। बालों का जुड़ा ढीला और थोड़ा लटका हुआ था। गहने महँगे और विश्वसनीय दिखाई पड़ते थे।

"यह सब ज्वेलरी कहाँ रखी है।" मैंने पूछा।

"ये सुरक्षित हैं," उन्होंने रूखे होकर कहा। "किसी दिन मैं तुमको दिखाऊँगी।"

मैंने फ्रेम से निकाले हुए रेरिख़ की तस्वीर के बारे में सोचा। "रोज़िंका, ये पहाड़ियाँ अब इतनी सुरक्षित नहीं रह गयी हैं जितनी पहले थीं। आपको और बड़ी अम्मा को अब अपना ख़याल रखने की ज़रूरत है। यहाँ आसपास तरह-तरह के अजनबी लोग हैं।" मैंने सतर्क करते हुए कहा।

"मैं थोड़ी दूध और हल्दी पीने जा रही हूँ," बड़ी अम्मा ने शान्त भाव से कहा।

"और मैं कुछ गर्म चॉकलेट और साथ में एक बूँद–एक हिस्सा–ब्रांडी की उसमें डाल देना।" रोज़िंका ने ऐलान किया। "लिली, पार्वती को बुलाओ। वह शायद फिर से अपने कमरे में दौड़ गयी हो।"

"ये सब तस्वीरें अन्दर की हैं," मैंने सोचते हुए कहा, "सिर्फ़ बाग़ीचे की दावतों और पिकनिक के सिवाय। फिर भी तुम यहाँ रहना चाहती हो, यहाँ इस डाचा में, इन सबके बीच इतने ख़ूबसूरत बाहरी माहौल में अपनी पूरी ज़िन्दगी बिताना चाहती हो।"

उन्होंने मेरी तरफ़ बुद्धिमत्ता से देखा, "मैं यहाँ रहती थी, मैं यहाँ रहती हूँ, मेरा रिश्ता यहाँ से है।" उन्होंने कहा, "यह मेरी ज़िन्दगी है। ये तस्वीरें–ये महज़ यादें हैं।"

वह कुछ कम्पन, चपल अन्दाज़ में गाने लगी, लेकिन आवाज़ का आरोह और अवरोह बढ़िया था।

Should auld acquaintance be forgot...
and nevverrr brought to mind?
Should auld acquaintance be forgot
And the days of auld lang syne?

बड़ी अम्मा भी संग गाने लगीं, इस गायकी में पहाड़ी और अंग्रेज़ी का विचित्र मिश्रण था, लेकिन लय और सुरीलापन सटीक ढंग से रोज़िंका की गायकी से मेल खाते थे। सब कुछ उस पल के बारे में, वह करुणा, वह साहस, वह बन्धुत्व, सदैव मेरे हृदय में अंकित रहेगा।

रोज़िंका ने वह एल्बम मुझे थमाया। "ये तस्वीरें वापस जा सकती हैं। अगर मैं सचमुच घमण्डी हूँ तो मैं तुम्हें बक्से के सबसे नीचे जो तस्वीरें रखी हैं, उन्हें लाने को कहूँगी, उसमें ज़्यादातर तस्वीरें वे हैं जो मेरी जवानी के रंगीन दिनों की है!" वह हँस पड़ीं।

"अब इन्हें तो हम ज़रूर देखेंगे!" यह कहकर मैं बक्से के निचले स्तर में कूद पड़ी और वहाँ से तस्वीरों के ढेर को उठा लायी। बड़ी श्वेत-श्याम तस्वीर फिसलकर बाहर आयी। यह एक छायाचित्र था जिसको रंगों के स्पर्श से उभारा गया था। मैंने इस चेहरे को पहचान लिया।

अचानक रोज़िंका ने कहा, "मैं इससे ऊब गयी हूँ। इन सबको वापस रख दो। फिर किसी दूसरे समय देखेंगे।"

यह सही है कि मैंने उनका किशोरी रूप नहीं देखा था, लेकिन देखते ही मैं जान गयी कि यह उन्हीं का चेहरा है। उन्होंने विशाल नत्थ नाक में पहनी थी, जिससे उनका अधिकांश चेहरा ढक गया था। पारम्परिक पहाड़ी पिछौड़े से उनका पूरा कन्धा ढका हुआ था। इसके अलावा कुछ और भी था इस तस्वीर में जो जाना-पहचाना था–उसे भी बिल्कुल ठीक ऐसे ही फ्रेम किया गया था जैसे कि पुस्तकालय में रखा तीसरा कैनवास था। हालाँकि उस छायाचित्र में चेहरे के किसी नैन-नक़्श का पता नहीं चलता था। यक़ीनन उस तस्वीर पर इस चित्र की छाया थी।

"बड़ी अम्मा?" आश्चर्य से उनकी ओर मुड़ते हुए, मैं फुसफुसायी।

"हाँ लिली" रोज़िंका ने तीखे स्वर में कहा। "यह तस्वीर मेरे पति ने खींची थी। वह तुम्हारी नानी पर कुछ ज़्यादा ही मेहरबान थे। क्यों, मैं ठीक कह रही हूँ, लिली?"

बड़ी अम्मा के झुर्रीदार चेहरे पर दबी मुस्कान फूट पड़ी। उन्होंने फ़क़त "हाँ" कहा।

"और वह तस्वीर? जिन पर दस्तख़त नहीं था?" मैंने पूछा।

रोज़िंका की मनोदशा कड़वाहट में बदल गयी। "तस्वीरें-तस्वीरें -तस्वीरें!" उनका मन तड़तड़ा उठा। "क्या तुम किसी और चीज़ के बारे में बात नहीं कर सकती? आज के लिए बहुत हुआ, मैं तुम्हें बता चुकी हूँ। चलो यह सब बन्द करो और यहाँ से हटो।"

उन्होंने गर्म चॉकलेट और ब्रांडी के आख़िरी घूँट को सुड़प लिया, साथ ही चीनी मिट्टी के कप पर अपनी लाल लिपस्टिक का निशान अंकित कर छोड़ा था। फिर वह सीढ़ियों की तरफ़ बढ़ने की तैयारी में खड़ी हो गयीं, अपने वॉकर के साथ अपने कदमों से धम्म-धम्म करके चल पड़ीं।

बड़ी अम्मा उनके साथ नहीं गयीं। वे बरामदे की ओर चली गयीं, फिर वहाँ बाग़ीचे में टहलने लगीं।

उनके पीछे-पीछे मैं भी चली गयी और उन्हें गले लगाया। "आई लव यू, बड़ी अम्मा," मैंने कहा। उन्होंने मेरे बालों को सहलाया और मुस्कुरायीं। चाँदनी रात में, उनकी आँखें आँसुओं से चमक रही थीं।

10
रोज़िंका के सपनों की डायरी

सिर्फ़ गठिया से ग्रस्त उँगलियों या ऐसी क़लम जिससे स्याही निकले, उनका इस्तेमाल करना ही लिखाई का तरीक़ा नहीं होता। इन्सान चाहे तो वह पानी पर भी लिख सकता है या फिर मद्धिम हवा पर भी इबारत सजा सकता है। ये सारे तत्त्व सदैव सुग्राही हैं, हालाँकि कभी-कभार अस्थिर और परिवर्तनशील हो सकते हैं।

मुझे याद नहीं कि पिछली रात मैं अपने सपने से कब जागी। मैं उल्लू की आवाज़ सुन सकती थी–हूट...हूट–और उसके बाद पहाड़ों से छुक.. छुक करती रेलगाड़ी की आवाज़ सुनाई दी। इन पहाड़ों में कभी रेलगाड़ी तो नहीं रही है, कभी थी ही नहीं, तो आधी रात को काल्पनिक दुनिया को आने वाली एक्सप्रेस का उल्लेख मेरे सपनों के भीतर फिर से लौट आया था।

कालका-शिमला टॉय ट्रेन को 1903 में मैदानी इलाक़ों की बेहाल गर्मी से बचाव के लिए ब्रिटिश इंडिया की ग्रीष्म ऋतु की राजधानी से जोड़ना था। मैं अब तक यानी 1903 तक पैदा नहीं हुई थी, हालाँकि मेरी माँ मेरे दूसरे भाई और बहनों को जन्म दे चुकी थी, मेरा भाई एलेक्स और एक भाई निकोलस और मेरी बहन गलिना धरती पर आ चुके थे।

मैं अपने सपनों में उल्लू की आवाज़ सुन सकती थी और रेलगाड़ी और फिर मैं इसमें सफ़र करती हुई किसी छायादार कंपार्टमेंट में उसका हाथ पकड़े हुए बैठी हूँ। हमारे सामने पर्वतों के मंज़र गुज़रते जाते,

सनोबर, ओक तथा देवदार के पेड़ नज़रों के सामने आते, साथ में तैरते हुए बादल और कभी-कभी एकान्त और धुँधलका विराजमान रहता।

वह मेरा हाथ थामे हुए था, अख़बार उसके सामने फैला रहता और उसको पढ़ने के दौरान अनजाने में रुक-रुककर मेरे बालों को सहलाता। तब फिर हम सुरंग में दाख़िल होते और सब कुछ अन्धकारमय हो जाता और वह मेरे चेहरे को ढूँढ़ता, उसे चूमता और मेरे होंठों को चूमना शुरू करता और गहरे से गहरेतर में उतरने लगता।

और फिर हम सुरंग से बाहर निकल आये और उसने मुझे चूमना बन्द कर दिया और फिर से अपना अख़बार पढ़ने लगा। पहले की तरह ही, ऐसा फिर हुआ और रेलगाड़ी अँधेरी सुरंग से गुज़रती, उसके होंठ छूते, उसके हाथों का स्पर्श होता और अनामिका उँगली में पहनी सोने की अँगूठी फिर छू जाती।

रेलगाड़ी में तीन छोटे उल्लू बैठे थे, और जब हम अँधेरी सुरंग में एक-दूसरे को चूमते तब वे उल्लू हमारा परीक्षण-निरीक्षण करते और अँधेरे में उनकी आँखें चौंधियातीं और चमकतीं।

समय का ख़याल रखना कठिन होता है, चाहे वह सपने में हो या ज़िन्दगी में। मुझे याद नहीं कि हमने कितनी सुरंगे पार कीं या उसने कितनी बार मुझे चूमा। मैं जब उठी, तब मैं इस सपने में लौटना चाहती थी, इसलिए मैंने अपनी आँखों को कसकर बन्द कर लिया और ख़ुद से यह इच्छा की कि मैं उस अँधेरी सुरंग में चली जाऊँ और लगातार चूमे जाने का आनन्द उठाऊँ।

इन दिनों मैं उठते ही काम में लग जाती। मेरा मुँह सूख जाता, और मुझे देर तक पता नहीं रहता था कि मेरे शरीर का कौन सा अंग किस दूसरे अंग से जुड़ा है। अब उठना असम्भव लगता, और जिसका कोई वास्तविक कारण नज़र नहीं आता था। मेरा झुकाव सोने की तरफ़ रहता और लिहाज़ा, मैं फिर से नींद की तरफ़ लौट जाती। मैं जिस किसी भी ख़्वाब के सिरे में डूबी रहती थी, उसे कसकर पकड़ने की कोशिश करती,

उसे दबोचे जैसेकि अरियाड के धागे के ज़रिये वापस रास्तों के जालतन्त्र में आ जाऊँ।

आज जब मैं जागी थी, तब मैं पेशाब के लिए जाना चाहती थी, लेकिन थकान की वजह से उठना मुश्किल था। मुझे .ख्वाब आया कि न जाने कैसे मेरी आँखों के सामने लाल कालीन का एक टुकड़ा उड़ रहा है। मैंने चेहरे पर ऐसा नक़ाब पहना था जैसाकि लोग अपना चेहरा बदलने के लिए पहनते हैं। बालों की लट बिखरकर मेरी बायीं आँख पर फैल गयी। क्योंकि मैंने मजीद सोने का मुखौटा पहना था, इसलिए मुझे पहले से ही ध्यान से देखने में मुश्किल हो रही थी। जैसे ही मैंने ख़ुद को इस .खयाली दुनिया में घुसाया, कोई भूरे बालोंवाली औरत कूल्हों पर हाथ रखे और कुहनियों को बाहर निकाले हुए मेरे सामने आकर खड़ी हो गयी। उसने लाल रंग के वेलवेट का लबादा पहना था। उसकी मुस्कुराहट गुर्राहट में बदल गयी। उसके दाँत सोने के थे और मोमबत्ती की रोशनी में चमक रहे थे। एक खाना परोसने वाला हाथ में तश्तरी और शराब की बोतल लिये उपस्थित हुआ। भूरे बालोंवाली औरत ने शराब की बोतल मेरे ऊपर उड़ेल दी। मेरा बदन खटाई जैसा बदबू मारने लगा। जैसेकि 'सिरका अम्ल और एसिटेलडीहाइड', बिना विचलित हुए मैंने कहा। शराब की बदबूदार खटाई में पूरी तरह भीगने से मेरी नींद टूट गयी।

मैंने बिस्तर पर पेशाब कर दिया था। मुझे बाथरूम तक जाने के लिए जद्दोजहद करनी पड़ी। यहाँ पर सिंक की बग़ल में तिरछी कढ़ाई के ख़ूबसूरत कसीदाकारी की हाथ पोंछने के लिए तौलियों का ढेर पड़ा है। मैंने एक तौलिये को नल के ठण्डे पानी में डुबोकर उसे इत्र में भिगोया। लिली के कमरे के दरवाज़े पर ज़ोर से अपनी छड़ी खटखटाने से पहले मैंने सावधानी से अपने आप को तौलिये से साफ़ किया।

लिली उठी हुई थी, हैरानी की बात नहीं कि वह उठी थी। वह दरवाज़ा खोलने आयी। उसके हाथ में माला थी और बीजों को गिन रही थी और किसी काल्पनिक भगवान की प्रार्थना कर रही थी।

मैंने उसको बताया कि क्या हुआ था। वह मेरे साथ मेरे कमरे में आयी और बिस्तर का मुआयना किया। मुझे शर्म और निरादर महसूस हुआ था, लेकिन हम दोनों बहुत बुज़ुर्ग हैं। ऐसा उसके साथ भी हो सकता है।

लेकिन बिना दिल को सख़्त किये उसने जिस तरह सफ़ाई की थी, वह मैं नहीं कर सकती थी। दोनों चादरें, जो दो तहों में बिछी थीं, उनको उसने मेरे बाथरूम में पड़ी बाल्टी में भिगो दिया।

"इस बाल्टी को तुम अपने बाथरूम में क्यों नहीं ले जाती, लिली?" मैंने कहा। दवाइयों की अलमारी से उसने डिटॉल की बोतल ली और उसकी कुछ बूँदें बाल्टी में डाल दीं। फिर वह बिना कुछ कहे लबदा और बाल्टी उठाकर चली गयीं।

जल्द ही लौट आयी, उसके बाद उसने बिस्तर पर बड़ा गुलाबी तौलिया बिछा दिया।

"तुम यहाँ लेट सकती हो," उसने कहा। "लिहाफ़ भीगा नहीं है। मैं तुम्हारे लिए थोड़ी चाय लाती हूँ।"

मैं उनकी एहसानमन्द थी। उन्होंने यह नहीं कहा कि "लिहाफ़ आपने भिगोया नहीं है।" बल्कि उन्होंने कहा कि "लिहाफ़ नहीं भीगा है।" मैंने उस बात की क़दर की।

मैंने अपनी इन डायरियों में कोई तारीख़ नहीं लिखी है। इसका कोई अर्थ भी बनता नहीं है क्योंकि ख़्वाबों का वजूद वक़्त के दायरे से बाहर होता है। अतीत, वर्तमान और भविष्य निःशब्द रूप से एक-दूसरे के पास से गुज़रते हैं। जैसे हमारे दिन गुज़रते हैं। क्या मौत हमारा एक और ख़्वाब होगी या ख़्वाब से जागना होगा? मेरा शक है कि यह अन्धकार होगा और बस आख़िरी वक़्त होगा।

मुझे मौत से डर लगता है। यह मेरे सपनों में किसी अदृश्य और बिन बुलाये मेहमान की तरह चली आती है। रेगिस्तान में खड़ी कोई रेलगाड़ी है जो मेरा इन्तज़ार कर रही है। यह रात का समय है और प्लेटफ़ार्म पर आसपास कोई नहीं है सिवाय अस्तित्वहीन उपस्थिति के जो मुझे बताती

है कि मेरा सामान गाड़ी में चढ़ा दिया गया है। साँप के आकार में खड़ी रेलगाड़ी चलने को तैयार है, यह अन्दर से उतनी ही ख़ाली है जितना कि प्लेटफ़ार्म ख़ाली है, रोशनीवाले डिब्बे दर्शाते हैं कि वहाँ किसी इन्सान की उपस्थिति नहीं है।

यह रेलगाड़ी स्टेशन से चलती नहीं। मैं घर वापस आ जाती हूँ, हालाँकि मेरा सामान अभी भी रेलगाड़ी में रखा है।

यह ख़्वाब मुझे बार-बार आता। यह मुझे पूरी तरह से दहशत की गिरफ़्त में छोड़ जाता। मैं यह सोचने की कोशिश करती कि अभी दिन का समय है और किसी आम स्टेशन की चहल-पहल की अपेक्षा करती, जहाँ पर बच्चे और चायवाला, कुली और ज़ेबक़तरे हों।

मौत के इस सपने के बाद, सुस्त सिर और धक-धक करते दिल की आवाज़ के साथ मेरी आँख खुलती। शौच के लिए बैठते ही मन करता कि एक सिगरेट जलाऊँ, लेकिन मैं इसे छोड़ चुकी थी।

मेरे जाने-पहचाने सिल्क कीमोनो पोशाक। मेरे दिन भर की दवाइयाँ, हालाँकि कभी-कभी मैं तय करती कि मैं उन्हें नहीं खाऊँगी। फिर कॉफ़ी पीना और कभी-कभी रेडियो पर ख़बरें सुनना। ऐसे मेरा दिन ख़त्म होता।

यह कुछ ऐसे ही था जैसे ख़ुमार पर सवार होना। लेकिन लिली बहुत अच्छी कॉफ़ी बनाती हैं। लेकिन आज वे रूठी हुई हैं, न जाने क्यों।

शायद मैं फिर से वही सोने की दवाई लूँ, वह दवाई जिन्हें डॉक्टर ने लिखा है।

सब सपनों में से यह सपना सबसे ज़्यादा भयानक और ख़ौफ़नाक था।

मैं रसोई के फ़र्श पर पड़ी रो रही हूँ। लिली बाल्टी में गर्म पानी लिये आती हैं। वह इसे रसोई के दस्ताने पहने हाथों से पकड़े हैं, ये रसोई दस्ताने मेरे अपने होते हैं। वह मेरे ऊपर पानी डाल देती हैं और मैं अपने आप को दोज़ख़ में पड़ा पाती हूँ। मैं छटपटाती और चिल्लाती रहती हूँ। वहशी-हैवान पहाड़ी की तरह, वह बिच्छू बूटी के पत्तों को, जिन्हें शिशुना

भी कहा जाता है, पानी में उबालकर लाती हैं। अपने दस्ताने पहने हाथों को पानी में डुबोकर थोड़े बिच्छू बूटी के पत्तों को निकालती हैं। फिर उन्हें मेरे बदन पर मलती हैं, मेरी बाहों पर, मेरे पैरों पर लगा देती हैं। वह मेरे चेहरे को बिच्छू बूटी के पत्तों से रगड़ती हैं।

मैं उठती हूँ। अपनी बाँहों, अपने पैरों और चेहरे पर जलन महसूस करती हूँ। ऐसा लगता जैसे मैं आग में तप रही हूँ।

यह ज़रूर हुआ है, वास्तव में, समय के भीतर, मेरे दुःस्वप्न के बाहर। ऐसा हुआ मेरे समय में हुआ। एक जीवनकाल से पहले मैंने उसके साथ ऐसा किया था। आज वह मुझे सताती है, मुझे अपनी गिरफ़्त में रखती है, और मुझसे अपना बदला लेती है।

मैंने इन सपनों की डायरी को देखना छोड़ रही हूँ। अब इसका भूत मेरे ऊपर सवार नहीं होता। बेहतर है किसी के सपनों को भूल जाना, किसी के बुरे ख़्वाबों को मिटा देना। अब से मैं रोज़ाना सोने की गोलियाँ खाऊँगी।

शायद नींद के लिए बेहतर तरीक़ा होगा कि मैं ज़रूरत से ज़्यादा ही दवा लूँ।

हो सकता है कि मैं ख़ुदकुशी पैग़ाम भी छोड़ जाऊँ ताकि पूरा-का-पूरा इल्ज़ाम उस पर ही आये।

11
बड़ी अम्मा की यादें

"मेरी माँ के गाँव का घर मानो जैसे स्वर्ग था। हमारे घर में नीबू के पेड़ थे जिन पर बेहद बड़े सुनहरे रंग के फल लगते थे। हमारा एक आड़ू का पेड़ था, उस पर मीठे और रसीले आड़ू लगते थे–हम उनको 'आडु' कहते थे। और कायफल का पेड़ था। हम एक समृद्ध परिवार थे–मेरे मामा मेरी माँ का इकलौता भाई जो गाँव का मुखिया या सरपंच थे। मेरे पिता की मृत्यु के बाद मेरी माँ ननिहाल लौट गयी थी ताकि हम दो बहनों का पालन-पोषण कर सकें। हम तीन और हमारे कई चचेरे भाई-बहन थे जिनके साथ हम इस परिवार में बड़े हुए।"

बड़ी अम्मा की आवाज़ शान्त, उदास व उत्सुक थी। मैं अपने फ़ोन में उनकी यादों को सहेज रही थी। वह रोज़िंका की अपेक्षा आसानी से बातों को मान लेतीं और ज़्यादा सहयोगी थीं।

"मैं हर रात उन दिनों के बारे में सोचती हूँ," उन्होंने कहा। "फिर तुम्हारे नाना जी के साथ मेरी शादी हो गयी। उनका गाँव हमारे गाँव से सटा हुआ था, लेकिन एक अमीर घर से ग़रीब घर में बसने के लिए मुझे लम्बा सफ़र तय करना पड़ा। मेरे मामा की अपनी बेटियाँ भी थीं जिनकी शादी करनी थी, और हम तीन थे तो मुझे कोई शिकायत नहीं थी। और तुम्हारे नाना जी बहुत अच्छे इन्सान थे, उनके पास उनके पिता के कुछ खेत और घर था जिन्हें वह साधु बनने के बाद छोड़ गये थे। उनकी पत्नी यानी मेरी सास कुछ वर्षों तक उनके साथ भटकती रहीं। तब तुम्हारे नाना कोई 14 या 15 साल के थे।"

"उनके कोई भाई-बहन नहीं थे?" मैंने प्रश्न किया।

"नहीं। मेरे ख़याल से हम भाई और बहन की तरह ही थे, क्योंकि एक-दूसरे की मदद के लिए हम ही थे! वह अच्छे इन्सान थे। लेकिन वह इस दुनिया से जल्दी विदा हो गये। मैं 19 साल की थी। टीबी की बीमारी ने उन्हें लील लिया। उन दिनों पहाड़ी लोगों की मौत जल्दी हो जाती थी। उनकी तमाम ख़राब आदतें और ज़िन्दगी ख़ासी मुश्किल थी। हम औरतें ज़्यादा मज़बूत और सख़्त थीं। हालाँकि हम भी बीड़ी पीते थे और तम्बाकू के शौक़ीन थे, इसे मैं छिपाऊँगी नहीं।"

"लिली!" हमने सुना कि रोज़िंका बुला रही हैं। "चलो, मैं चलकर देखती हूँ कि उन्हें क्या चाहिए," मेरी नानी ने कहा और धड़धड़ाते हुए बाहर चली गयीं। जाते-जाते वह मेरे बालों और माथे को सहलाते हुए गयीं। काम में घिसने का नतीजा था कि उनके हाथ खुरदुरे हो गये थे, लेकिन हमेशा की तरह उनके व्यवहार में आश्चर्यजनक सौम्यता का असर था।

मैं बड़ी अम्मा के पीछे नहीं गयी, क्योंकि मैं रोज़िंका की तीखी टिप्पणियों को सुनने की मनोदशा में नहीं थी। मैंने अपना वक़्त घर के आसपास टहलते और अतीत के झरोखों से झाँकने में बिताया। मैं वापस पुस्तकालय गयी और उस तस्वीर को फिर से देखने की कोशिश की जिस पर कोई दस्तख़त नहीं था। यह तस्वीर किसने बनायी थी? क्या यह रेरिख़ ने बनायी थी? क्या वह रोज़िंका और उनके पति को जानते थे? इलिज़ाबेथ ब्रूनर का बनाया छायाचित्र कहाँ था?

मैं रेंगती हुई नीना के कमरे में पहुँची। यूँ तो अन्धविश्वासी होने की कोई ज़रूरत नहीं थी लेकिन ऐसा लगा कि यह जगह अभी भी अपराध का स्थान है। पार्वती ने बिस्तर को ठीक से लगा दिया था। उसने छोटी मेज़ पर सेनेटरी नैपकिन को रख दिया था हालाँकि गन्दे कपड़े वहाँ से हटा दिये थे।

वहाँ एक नोटबुक थी जिस पर मेरा ध्यान पहले नहीं गया था। उसके ऊपर लिखा था, 'नीना–एक असम्भव प्रेमी की कविताएँ।' असम्भव की

वर्तनी में 'म' दो बार जुड़ गया था और यह 'असम्म्भव' हो गया था। मेरे भीतर के सम्पादक की पीड़ा ने इसे आगे पढ़ने की इजाज़त नहीं दी।

मैं बड़ी अम्मा के कमरे में वापस आयी, और जब वह लौट आयीं तब हमने अपनी बातचीत को जिस बिन्दु पर रोका था, वहीं से फिर आरम्भ किया।

"जब तुम्हारे दादा जी गुज़र गये तब मैं रोज़िंका के लिए काम करने लगी थी। फिर कोई कारण भी नहीं था कि मैं वहाँ काम न करती, वह मुझे अच्छा पैसा देते थे और मेरा ध्यान भी रखते थे और फिर मुझे रुपयों की ज़रूरत थी। उन्होंने मेरा नाम लीला से लिली रख दिया और मैंने इसका बुरा नहीं माना—बल्कि मुझे यह नाम पसन्द आया। उन दिनों रोज़िंका इतनी ख़ूबसूरत दिखती थी कि मैं उनकी बन्दगी में टकटकी बाँधे निहारती रहती थी, मानो वह इन्द्रलोक या किसी ऐसे ही लोक से उतरी हैं।"

रोज़िंका को सिर्फ़ कमरे में दाख़िल होना पड़ता और कमरा ख़ुशबू से भर जाता। वहाँ पर इत्र रखा था—मुझे याद है कि उसका नाम जॉय था। वह उनका सबसे पसन्दीदा इत्र था। मुझे वह महक बहुत पसन्द थी। एक बार मैंने उसकी एक छोटी शीशी चुरा ली थी—हालाँकि अगर मैं उनसे वह इत्र माँगती तो वह मुझे दे देतीं। और ज़ाहिर था कि इसके बाद मैंने कभी इस्तेमाल करने की हिम्मत नहीं की। उनको इसका पता चल जाता कि यह मैंने चुराया है। मैंने उसे छुपा दिया और कभी-कभी अपने आप को ख़ुश करने के लिए उसकी ख़ुशबू सूँघती।

मेरी बहन, मेरी बड़ी बहन कमला जो मेरे साथ रहने के लिए आयी थी। वह भी विधवा थी। मिशनरियों के साथ रहने के कारण वह थोड़ा-बहुत लिखना-पढ़ना जानती थी। जब मैं काम पर चली जाती थी तब तुम्हारी माँ की देखभाल वही किया करती थी।

कमला अद्‌भुत रसोइया थी। उसके हाथ में जादू था। ख़ासतौर से उसके बनाये पपटोल, डुबके और भट्ट की चुड़कानी का स्वाद लाजवाब होता था। मैंने उसको कहा कि तुम यहाँ आकर रोज़िंका और पीटर साहब के लिए काम करो, लेकिन उसने सपाट मना कर दिया। वह बहुत अभिमानी भी थी।

पीटर साहब को पहाड़ी खाने से बहुत प्रेम था। कभी-कभी मैं कमला से कहकर उनके लिए खाना बनवाती। उनको उसके हाथ का बना शिकार भात, रसेदार गोश्त और भात बेहद पसन्द था। वह गोश्त को मसाले और कई दूसरी चीज़ों में डुबोकर रात भर रखती थी और अगले दिन उसे धीमी आँच पर लगभग तीन घण्टे पकाती थी। फिर पके गोश्त को वह कोयले के धुएँ पर रखकर थोड़ी सेंकती थी।

"रोज़िंका को पहाड़ी खाने से नफ़रत थी–वह इसे जंगली खाना कहती थी। उनके पास नैनीताल और बरेली के मँजे हुए रसोइये थे, जो लैमचॉप, कटलेट और स्टिव जैसी चीज़ें बनाते थे। और हम दो औरतों को पार्वती के खाने से काम चलाना पड़ता था! इस बारे में जितना कम कहा जाये उतना बेहतर है।"

"मैं आपके लिए कुछ खाना बनाऊँगी" मैंने बहादुरी से पेशकश की। "मैं कमला की तरह गोश्त-करी बनाऊँगी। मैं इंटरनेट से शिकार भात बनाने का तरीक़ा देखकर उसे पकाऊँगी।" फिर मुझे याद आया कि इंटरनेट तो बन्द है, यह मेरे ज़हन में आया ही नहीं कि हफ़्तों से मैंने इंटरनेट इस्तेमाल नहीं किया है।

बड़ी अम्मा मुस्कुरायीं और फिर अपनी बात जारी रखी। पीटर साहब। उनका पूरा नाम पीटर पॉल सिंह था। वह आधे अंग्रेज़ थे–उनकी माँ जर्मनी से थीं। उनके पिता का परिवार सरदार था। उन्होंने कभी पगड़ी नहीं पहनी लेकिन वे कड़ा पहनते थे। उनका हृदय विशाल था। वह और मैं दोस्त थे। वे थोड़ी-बहुत पहाड़ी बोल सकते थे और मेरे साथ मेरी भाषा में बात करते थे। कभी-कभी उनके आग्रह पर मैं पहाड़ी गीत गाती।

पीटर साहब कोई किताब लिख रहे थे। वे उस किताब का अनुवाद कर रहे थे जिसे रोज़िंका के दादा ने रूसी भाषा में लिखा था। उसे जर्मन में भी अनुवाद किया गया था। वे इसे जर्मन से अंग्रेज़ी में लिख रहे थे–लेकिन वे चाहते थे कि मैं इन कहानियों को उन्हें समझाऊँ। इसलिए वे मेरे ऊपर इन कहानियों को हिन्दी और टूटी-फूटी पहाड़ी में परखने के लिए बयान करते और पूछते कि क्या ये ठीक सुनाई देती हैं अथवा कहीं रूसी और जर्मन लेखकों ने ग़लती तो नहीं की।

कभी मैं तुम्हें वे कहानियाँ बताऊँगी। जब तुम छोटी थी, तब कुछ कहानियाँ ज़रूर मैंने तुम्हें बतायी होंगी। वे इतनी मज़ेदार थीं–और बिल्कुल सच! हम जब एक-दूसरे को कहानियाँ बताते तब बेहद हँसते और मज़ाक़ करते थे। वह कहते थे, "तुम मेरी रिसर्चर हो, मेरी देसी सलाहकार।" हाँ! इसी नाम से मुझको बुलाते थे–उनकी देसी सलाहकार।

लेकिन रोज़िंका को यह सब कुछ नापसन्द था। इसका मतलब यह नहीं था कि मैं जो कुछ करती वह ग़लत कर रही थी। मैं बहुत मेहनत से अपना चूल्हा फूँकने से लेकर बर्तन माँजना, खाना पकाना जैसे घरेलू काम करती थी। लेकिन रोज़िंका को यह सब पसन्द नहीं था–रत्ती भर भी पसन्द नहीं था।

जब पीटर साहब जवान थे तब उनकी बॉक्सिंग दुर्घटना में नाक टूट गयी थी। मेरे ख़याल से टूटी नाक के बावजूद वह काफ़ी सुन्दर दिखाई देते थे। लेकिन रोज़िंका के लिए नहीं। वह कहती थीं कि हम तो "ब्यूटी एंड द बीस्ट हैं (सुन्दरी और पशु)," या वह उनको गोभी कहकर बुलाती थीं–फूलगोभी!

पीटर साहब ने इस अपमान को सदा अनदेखा किया। उनके लिए यह सब मज़ाक़ जैसा था। वे रोज़िंका को बेहद प्रेम करते थे और हम सब भी।

"एक दिन बहुत बुरा हुआ। वह होली के एक दिन पहले का दिन था–वह दिन है जिसे मैं कभी भूल नहीं सकती। आज भी जब चैत के महीने में होली के गीत पर्वतों के चारों ओर गूँजते हुए मेरे कानों में पड़ते हैं, तो मैं अपने कानों में रुई ठूँस लेती हूँ और अपने आप को कमरे में बन्द कर लेती हूँ।"

"क्या हुआ था?" मैंने आशंकित होकर पूछा। जो भय और पीड़ा उनको गिरफ़्त में ले रही थी, उसे मैं महसूस कर सकती थी।

बड़ी अम्मा ने नज़दीक आकर कान में फुसफुसाते हुए बताया, "उनके बीच लड़ाई हुई थी।" उनका सिर झुक गया था और यादों के बोझ से आवाज़ भारी हो गयी थी। "रोज़िंका पूरे दिन शराब पीती रहीं।

गिलास के बाद गिलास शराब पीती रहीं। मैं उनको पीटर साहब के ऊपर चिल्लाते हुए सुन सकती थी। उनके बीच नोक-झोंक तो पूरे हफ़्ते से चल रही थी, लेकिन आज का मामला कुछ अलग ही था। कमला ने पीटर साहब के लिए थोड़ा शिकार भात बनाया था। वह तुम्हारी माँ के साथ–जो उस समय छोटी लड़की ही थी–यहाँ खाना देने आयी थी। जब रोज़िंका प्रचण्ड ग़ुस्से में अन्दर आयीं तब हम रसोई में थे। उन्होंने कमला के हाथ से खाना लेकर पूरे फ़र्श पर फेंक दिया।"

"फिर उन्होंने मुझे थप्पड़ मारा। एक, दो, तीन, चार, पाँच, उन्होंने पाँच बार मुझे थप्पड़ मारा। फिर कमला बीच-बचाव करने आयी। वह अपनी बहन की बेइज़्ज़ती सहन नहीं कर पायी। हम सम्मानित लोग थे। उसने रोज़िंका को बालों से पकड़ा और फ़र्श पर घसीटते हुए रसोई के दूसरी तरफ़ ले गयी। उसने उनका चेहरा फ़र्श पर फैले खाने पर रगड़ा। रोज़िंका के पूरे चेहरे और कपड़ों पर भात और गोश्त का झोल लग गया।"

"रोज़िंका बेहद काँप रही थी और मुश्किल से जवाबी हमला कर सकती थीं। तुम्हारी माँ रोते हुए मेरे पीछे छुप गयी। उस दिन को वह कभी नहीं भूली, उसके लिए उसने मुझे कभी माफ़ नहीं किया।"

"आज तुमने कई पाप किये हैं," कमला ने बर्फ़ीले पर्वत की ठण्डक जैसे स्वर में कहा। "यह अन्न जो मैं यहाँ लायी थी–तुमने इस अन्न का अनादर किया है। तुमने मेरी बहन का अपमान किया है, जो तुम्हारे प्रति वफ़ादार और आज्ञाकारी रही। तुमने मेरी भतीजी को डराया है, जो सिर्फ़ बच्ची है। तुम गोबर से ज़्यादा कुछ नहीं हो।"

यह कहकर उसने मुझको घर से बाहर जाने दिया। पीटर साहब आये और घर की हालत देखकर समझ गये कि ये क्या हुआ है। रोज़िंका कुर्सी पर बैठी रो रही थीं। सोफ़े पर हर जगह खाना फैला हुआ था। उन्होंने उसको थप्पड़ मारा, "मैंने कुछ नहीं किया था," वह सिसकती रही। "उन्होंने बिना किसी वजह के मुझ पर हमला किया।"

मेरे चेहरे पर लाल निशान उभर आये थे जो पूरे मामले की सच्चाई को बयाँ कर रहे थे। लेकिन मैंने अपना बड़प्पन क़ायम रखा। न मैंने कोई दुखियारापन दिखाया और न ही मैं गिड़गिड़ायी थी।

"तुमने एक और पाप किया है," मैंने रोज़िंका को कहा। "उस जानवर ने बिना किसी वजह के अपनी जान गँवायी। वह बेफ़िज़ूल मर गयी।"

"बाहर आने के साथ ही मुझे इस बात का एहसास हुआ कि जो कुछ मैंने कहा, वह निरर्थक था। जब तक हम खाता खुमानी के घर पहुँचे तब तक हम सभी शान्त हो चुके थे। गायों ने रँभाते हुए स्वागत किया। मैंने उन्हें गले लगाकर और सीने के क़रीब रखा। फिर हमने बचे हुए शिकार भात को खाया, वह हिस्सा जिसे कमला बचाकर घर ले आयी थी। मेमने की मौत व्यर्थ नहीं गयी थी।"

बड़ी अम्मा इस कहानी को बताते हुए हाँफ रही थीं। मैंने उन्हें कसकर पकड़ा और आराम पहुँचाने की कोशिश की। मैंने अपनी लिहाफ़ी जैकेट की जेब में से रुमाल निकाला। तभी वह आकार विहीन अँगूठी जिसे मैकपाई ने बाग़ीचे में गिराया था, वह उनकी गोदी में गिरी। उन्होंने उसे अपनी उँगलियों में समेटकर अपने दिल से चिपका लिया।

"यह तुम्हें कहाँ मिली?" सिसकियाँ लेते हुए उन्होंने पूछा। "मैं इसे सब जगह ढूँढ़ रही थी। इसे पीटर साहब ने मुझे दिया था जब मैं यहाँ आयी थी।"

"जाओ, अब तुम आराम करो, इति!" उन्होंने निवेदन किया। "चलो हम अतीत के बारे में बात नहीं करेंगे। यह सब बहुत समय पहले हुआ। मैं उन पुरानी बातों को भूल चुकी हूँ। यहाँ हम एक-दूसरे के लिए हैं। हमारे पास यह घर है। हमारे पास तुम हो। हमारे पास हमारी बची-खुची ज़िन्दगी के दिन हैं।"

मुझे समझ नहीं आया कि मैं क्या कहूँ, इसके बारे में कैसे जवाब दूँ। "मैं अब फिर कभी अतीत के बारे में कोई बात नहीं करूँगी, बड़ी अम्मा," मैंने वादा किया। "चलिए, हम बरामदे में बैठकर थोड़ी चाय पीते है–हम सभी।"

यादों की इस उथल-पुथल के क्रम ने मुझको झकझोर दिया था। मैं अपने कमरे में आयी, और अपने फ़ोन की रिकॉर्डिंग को सुनने लगी। फिर मैंने बालकनी में जाकर अपनी दवाई के डिब्बे में रखे इमरजेंसी स्टॉक में से अपने लिए एक सिगरेट जलायी।

मैं बहुत कम सिगरेट पीती हूँ, लेकिन कभी-कभी यही करना उचित लगता है।

मानसून के सिलसिले में रुकावट आयी और धूप खिल गयी, लेकिन उत्तरी पर्वतमालाओं पर बादलों के ढके पर्दों से बर्फ़ की ऊँचाइयों को देखना कठिन था। उस दिन जब मैं वहाँ बैठी तब बादल साफ़ हो गये थे और मैं बर्फ़ को देख सकती थी। वह रहस्यपूर्ण, दुर्लभ और शान्त कुमाऊँ की नन्दा देवी चोटी थी। ये दो बहनें, नन्दा और सुनन्दा कुमाऊँ की रक्षक देव हैं। धुन्ध की माला से घिरी नन्दा देवी ने मुझसे बात की, मुझे धीरज और मेहरबानी का परामर्श देते हुए।

मेरा रोज़िंका और बड़ी अम्मा को सामना करने का मन नहीं किया, सम्भवतः वे दोनों घर के सामनेवाले बरामदे में बैठे दोपहर की चाय पी रही होंगी। मैं रसोई के प्रवेशद्वार से निकल गयी और उसके साथ लगी झाड़ियों से होते हुए उनकी नज़र से ओझल हो गयी। मैंने कैफ़े जाकर अपने इंटरनेट को चलाने और असली शिकार भात पकाने की विधि को ढूँढ़ने का इरादा किया। फ्रिज में कुछ गोश्त और मटन के टुकड़े रखे थे।

हाँ ज़रूर, एक दूसरा मक़सद भी था। मैं अविनाश से मिलकर नीना के रहस्यमय ग़ैर-लापता होने के बारे में कुछ और जानकारी लेना चाहती थी।

मुझे पैदल चलना सुखद लगा। जब मैं कैफ़े पहुँची तब मैंने बाग़ीचे के सामनेवाली पथरीली जगह पर नीना को देखा। उसने बहुत बड़ा चश्मा पहना था और सिर पर पटका बाँधा था। वह होंठ लटकाये अपने कैमरे को देख रही थी। उसने मुझको आते नहीं देखा।

कैफ़े में कोई आदमी नहीं था। न कोई गल्ले पर और न कोई ग्राहक था। मैंने इन्तज़ार किया कि नीना मेरी तरफ़ देखे, लेकिन उसने ऐसा नहीं किया। मुझे कुमाऊँनी मटन-करी पकाने का तरीक़ा मिला जिसको

मैंने अपनी जानकारी के लिए सहेज लिया। मैंने अपने सन्देशों को पढ़ना शुरू किया। स्कूल का व्हाट्सएप समूह अपनी उन्हीं दिलख़ुश बातों में मसरूफ़ था। मैंने अपने काम से जुड़े सन्देशों को जवाब भेजा। फिर मैं बाहरी दुनिया की ख़बरों पर नज़र दौड़ाने लगी। बोर्नियो के जंगल में आगजनी। कैलिफ़ोर्निया के वनों में आग लगी। बढ़ता समुद्र का जलस्तर। पिघलती बर्फ़ीली चादरें। मैंने राजनीतिक ख़बरों को अनदेखा किया। मैंने नयी फ़िल्मों की समीक्षाएँ और उनके ट्रेलर्स के बारे में पढ़ा। मैंने नीना के आने का इन्तज़ार किया।

अविनाश आया और उसने बड़ी गर्मजोशी से कुशल-मंगल पूछा– "नीना कहाँ है?" मैंने पूछा। "मैं उससे बात करना चाहती थी।"

वह टाल-मटोल करता दिखाई दिया। "कौन नीना?" उसने पूछा। "मेरी एक बहन है जिसका नाम नीना है लेकिन वह तो मुम्बई में रहती है। वह वहाँ एडवरटाइजिंग में काम करती है।"

"शायद मुझे ही ठीक से नहीं मालूम होगा," मैंने जवाब दिया। वह किसी को सन्देश भेज रहा था, सम्भव है कि वह नीना को सावधान कर रहा हो कि मैं यहाँ पर आई थी। मैंने एक कप कॉफ़ी ली और उसको आख़िर तक पिया। मैंने कुछ पुराने अख़बार पढ़े और फिर मैं वहाँ से निकल गयी।

जैसे ही मैं डाचा जाने के लिए पैदल चलने लगी, वैसे ही बारिश की हल्की फुहार शुरू हो गयी। इस रास्ते में चढ़ाई ज़्यादा है और जब तक मैं घर लौटी तब तक पूरा भीग चुकी थी। मैं नीचे अपने आप को सुखाने के लिए बाथरूम में गयी। मैंने सोचा कि मैं रोज़िंका का बाल सुखाने वाला ड्रायर लूँगी–उनके पास ज़रूर ऐसा ड्रायर होगा–या ऐसे कई होंगे।

यह वही कमरा था जिसमें नीना रहती थी। मैंने उसकी लिखी कविताओं वाली कॉपी को ढूँढ़ा। 'नीना–एक असम्भव प्रेमी की कविताएँ।' लेकिन वह नोटबुक वहाँ नहीं थी। वह ग़ायब हो चुकी थी।

रोज़िंका ने अपना बाल सुखाने वाला ड्रायर मुझे दिया। मेरी नानी ने बाल सुखाने में मेरी मदद की। पानी झमाझम बरसना जारी रहा। बारिश की बूँदें टीन की छत पर गिरकर धड़ाधड़ ढोल की लय हमारे

सिरों पर पीटती रहीं। घर की बिजली टिमटिमाकर बन्द हो गयी। हम तब तक अँधेरे में बैठे रहे जब तक कि मैंने कुछ मोमबत्तियाँ जलाकर नहीं लगायीं।

"क्या आप मुझे थोड़ी ब्रांडी दे सकती हैं, रोज़िंका?" मैंने पूछा। "मुझे लगता है कि मुझे ठण्ड लग गयी है।"

बड़ी अम्मा मुझे बार की तरफ़ ले गयीं और कॉन्यैक की नयी बोतल खोली। "मैं भी थोड़ी लूँगी," उन्होंने कहा। "मुझे लगता है कि आज मुझे भी इसकी ज़रूरत है।"

"मुझको भी देना!" रोज़िंका ने नखरे-भरे अन्दाज में कहा। "बस सबका साथ देने के लिए!!"

उस रात हमने काफ़ी शराब पी। अँधेरा और टिमटिमाती मोमबत्ती की रोशनी में कुछ था जिसने हमें प्रोत्साहित किया था। हममें से किसी को भी नशा चढ़ा नहीं था। अपनी-अपनी तरह से कपट, बेवफ़ाई और नश्वरता के प्रति हम सभी सतर्क थे।

"इति, यहाँ आकर मेरे साथ बैठो," रोज़िंका ने कहा। मैंने आदेश का पालन किया। उनसे मायावी फूलों की सुगन्ध आ रही थी। क्या यह आनन्दमय थी?

रोज़िंका ने मेरा मन पढ़ लिया। "यह एक गुप्त नुस्ख़ा है। कभी-कभी इसमें गुलाब की ख़ुशबू आती है। कभी-कभार चम्पा के फूलों की। सूखे जले हुए पत्तों की। बिच्छू बूटी की। हाँ, मेरे ख़याल से बिच्छू बूटी की। कई चीज़ों की।"

फिर उन्होंने कहा, "शायद तुम्हें जान ही लेना चाहिए। मैंने अपना वसीयतनामा बनवाया है। तुम्हें सब कुछ विरासत में मिलेगा। उस बेवकूफ़ नीना या उसके रिश्तेदारों को नहीं। यह वसीयत हर तरह से क़ाबिल-ए-ए'तिबार है। कोई पेचीदगी नहीं है। चलो अब गिलास उठाओ, हम इसका जश्न मनायें।"

मैं हक्की-बक्की, उद्भ्रान्त और चकित थी। मैं चुप रही। रोज़िंका ने अँधेरे में मुझे चूँटी काटी। "अरे लड़की कुछ तो कह!" वह चिल्ला उठी।

मैंने सब कुछ कहा जिसको कहने की अपेक्षा थी–अपना आभार व्यक्त किया, उनके शिकनदार चेहरे को चूमा, फिर रोयी। लेकिन अपने भीतर, अभी भी मैं इस विचित्र घटनाक्रम के साथ तारतम्य बिठाने की कोशिश कर रही थी।

"और अगर मैं इनसे पहले कूच कर जाऊँ, जो बहुत मुमकिन है कि मैं पहले गुज़र जाऊँ, तब तुमको लिली की देखभाल करनी होगी। मैं जानती हूँ कि तुम करोगी। वैसे भी दोहरी ख़ुदकुशी का मंसूबा बहुत मुफ़ीद नहीं है। यह एहसास मुझको है।"

मुझे ठण्ड लग गयी थी। अब मैं किसी भी बात का अर्थ समझ नहीं पा रही थी। मैंने उनको फिर से चूमा। अपनी नानी को गले लगाया। "आप सबको शुभरात्रि," मैंने कहा। 'मैं' अभिभूत थी। मैं सर्दी-खाँसी की जकड़ में आ गयी थी, और मैं अपनी बीमारी किसी और को नहीं देना चाहती थी। मैं सोने के लिए जा रही हूँ। सबको मेरा प्यार और मुझे इजाज़त दीजिए।

पूरन की दी हुई टॉर्च के सहारे मैं अँधेरे में रास्ता तलाशते हुए ऊपर चली गयी। हमने कुछ खाया नहीं था। मैंने रोज़िंका को पार्वती से कहते सुना कि कुछ पराँठे और लाल मिर्च के अचार का जुगाड़ करे। "यह अविनाशी है," मैं अपने आप से बुदबुदायी। ये दोनों सचमुच अमरत्व के लिए नियत हैं।

जैसे ही मैं बिस्तर पर लेटी, नींद ने मुझे अपनी आग़ोश में ले लिया। मैं भयानक एहसास के साथ उठी। मेरे सिर, मेरे नाक के सुराख़ और मेरे गले सबने मिलकर विद्रोह कर दिया था। मुझे चिन्ता होने लगी थी कि रात को मैंने औरतों को चूमकर सम्भवत: कहीं उनको भी तो यह बीमारी नहीं दे दी और फिर मैंने तय किया कि मैं जब तक ठीक नहीं हो जाती तब तक मैं एकान्त में ही रहूँगी।

यह घर। यह डाचा। रोज़िंका ने मेरे नाम वसीयत की थीं। यह सब मेरा होना था। मेरा ही होगा। मैं यक़ीन नहीं कर पायी।

सर्दी-ज़ुकाम ज़्यादा बिगड़ गया। मुझे बुख़ार हो गया। बारिश भी रुकने का नाम नहीं ले रही थी। लगातार तीन दिनों तक बारिश बिना रुके

जारी रही। बिजली बन्द रही–जनरेटर की क्षमता भी नहीं थी कि वह इस संकट से राहत देता। पम्प के रुक जाने से पानी को ऊपर खींचा नहीं जा सका, इसलिए पानी आना भी बन्द हो गया।

हमारी नज़र में पार्वती और उनके पति की बहादुरी ने हमें इस संकट से बाहर निकाला। बरसाती ओढ़े और रबड़ के जूते पहने वे बाहर जा रहे थे, कभी अन्दर आ रहे थे। बादल फटने की घटना भी हुई थी और कुछ भूस्खलन और चारों तरफ़ सैलाब जैसी हालत थी।

हमारी हालत अपेक्षाकृत सुरक्षित थी क्योंकि हम पर्वत की चोटी के नज़दीक थे, इसलिए बारिश में बहकर आने वाले चट्टानों और पत्थरों से बचे रहे। बाग़ीचा पूरी तरह से तहस-नहस हो गया था और डाचा से होकर जाने वाला रास्ता भी जवाब दे चुका था।

मैंने खाना खाने के लिए क़दम बढ़ाये, लेकिन कोशिश की कि उनके रास्ते में न आऊँ। पूरन उनको ख़तरनाक कहानियाँ सुनाते जा रहा था कि कैसे ज़मीन खिसकने से गाड़ियों का कचूमर निकल गया और घर टूटकर गहरी खाइयों और नदी में बह गये। यह सोचकर कि इन हादसों के क़िस्से इन औरतों को पीड़ा पहुँचा सकते हैं, मैंने उसे रुकने का संकेत किया, लेकिन उन्होंने उसको जारी रखने का इशारा किया। ऐसा लगा कि उनको इन विध्वंसकारी कहानियों से मज़ा आ रहा है और वह हर नये विनाश पर अपने सिर यूँ हिलातीं जैसे कोई सूझ-बूझ के साथ सिर हिलाता है।

हमने वसीयतनामे के बारे में या अपनी विरासत के बारे में कोई बात नहीं की। यह अवास्तविक जान पड़ा जैसेकि सपने में किसी से बातचीत हो।

मैं रज़ाई के नीचे गठरी बनकर लेट गयी, ताकि बारिश और कड़कते बादलों की आवाज़ कानों तक न पहुँचे। बड़ी अम्मा मेरे कमरे में आयीं। आमतौर पर वह ऊपर नहीं आतीं और मैंने उन्हें तकलीफ़ उठाने के लिए उनको फटकारा।

"मुझे तुमसे बात करनी थी," उन्होंने कहा। "आधा सच कभी भी पूरा सच नहीं होता। रोज़िंका ने तुम्हारा भला किया है, उन्होंने अपना घर

तुम्हारे नाम कर दिया और उनका जो भी कुछ है। खाता खुमानी वाला मेरा घर भी तुमको मिलेगा। न कि तुम्हारी माँ को, जो उसको बेचकर उन पैसों पर थूकेगी।"

वह बात तर्कसंगत लगी, लेकिन इसने मुझे भीतर से दहला दिया। मैं दुगुनी ज़िम्मेदारी के एहसास से घिर गयी थी। मुझे गुड़गाँव में अपने कमरे का ख़याल आया, जिसकी बदबू और आवाज़ मेरे अन्दर आबाद थी। शायद समय आ गया था इस स्वप्न से लौटने का, क्योंकि स्वप्न से दु:स्वप्न में परिवर्तित होने की सम्भावना रहती है।

"खाता खुमानी के घर की छत गिर गयी है। पुराना घर वर्षा से ढह गया है, हालाँकि लकड़ी का हिस्सा सही-सलामत है। कुछ खपड़ैल की सिल्लियाँ उड़कर हवा में पड़ोसी के घर में जा गिरी हैं। पड़ोसी अपनी गाय को खूँटे से बाँधने की कोशिश करते रहे जो डरकर वहाँ से भाग जाती थी। वह आदमी और उनकी गायें, वे दोनों मारे गये। बिजली के वज्रपात से न कि खपड़ैलों के गिरने से।"

यह एक ख़ौफ़नाक मंज़र था। मैं थरथर्रा उठी। तभी बाहर से गड़गड़ाहट ने ताल ठोंकी और उसका पीछा करते हुए बिजली कौंधी। मुझे लगा जैसे मैंने कोई चीत्कार सुनी थी।

"लेकिन मैं तुम्हें सिर्फ़ यह बताने नहीं आयी थी। उस दिन मैंने तुम्हें सिर्फ़ आधी कहानी बतायी थी। अर्ध सत्य कभी भी पूरा सत्य नहीं होता। मैं तुम्हें बताती हूँ कि इसका अन्त कैसे हुआ।"

मैंने अपने आप से यह प्रण लिया था कि मैं इस घर में कभी लौटकर वापस नहीं आऊँगी। कमला ने भी मुझे यह प्रतिज्ञा दिलायी थी। लेकिन सप्ताह भर के बाद, रोज़िंका खाता खुमानी आयी और उसने मेरे पैरों पर गिरकर क्षमा-प्रार्थना की। उसने रोते हुए कहा, "तुम मेरा यक़ीन करो। मैं ऐसा करना नहीं चाहती थी। मुझे किसी बुरी शक्ति ने जकड़ लिया था। लिली, भगवान के लिए मुझे माफ़ कर दो। तुम मेरे लिए बहन से बढ़कर हो।"

इस पर कमला की भवें तन गयीं। "मैं उसकी बहन हूँ," उसने कहा। "यह हमारा घर है। मैं तुमको बता देना चाहती हूँ–यह वहाँ

वापस नहीं जायेगी, भले ही भगवान भी यहाँ आकर इसको ले जाना चाहें तब भी यह नहीं जायेगी। हम पहाड़ी औरतें तुम्हारी दौलत की परवाह नहीं करते। हम उन्हीं के प्रति निष्ठावान होते हैं जहाँ हमें सम्मान मिलता है। हम अपने मेहमानों से मीठे बोल बोलते हैं। क्या तुम थोड़ी चाय पियोगी?"

रोज़िंका ने मुझसे बार-बार भीख माँगी। मुझे लगा कि जो कुछ वह कह रही हैं, पूरे विश्वास से कह रही हैं। वैसे भी हम दोस्त थे। फिर वह वहाँ से चली गयीं।

दो दिन बाद मैंने देखा कि पीटर साहब दरवाज़े पर खड़े हैं। कमला गायों को चराने के लिए बुग्याल में ले गयी थी। तुम्हारी माँ स्कूल गयी थी। हम घर में अकेले थे।

उन्होंने मेरी तरफ़ देखा। मेरा हाथ पकड़ा। और उन्होंने क्षमा की भीख माँगी।

"तुम मेरी मित्र हो," उन्होंने कहा। "मैं तुम्हें और अपमान सहते नहीं देख सकता। रोज़िंका स्वार्थी और बेवकूफ़ है। वह तुमसे ईर्ष्या करती है। लेकिन अपने अन्दाज़ में ही, वह तुम्हें प्यार भी करती है।"

"मैं विचलित थी। वह मुझसे क्यों ईर्ष्या करती हैं?" मैंने पूछा। "रोज़िंका मैडम के पास सब कुछ है। मैं उनकी नौकर हूँ। उनकी विनम्र दासी हूँ।"

"वह तुमसे जलती है क्योंकि वह नहीं समझती की दोस्ती क्या है," उन्होंने कहा। "अथवा भक्ति। रोज़िंका बाहर से सख़्त और ओजपूर्ण है लेकिन भीतर से खोखली और भटकी हुई है। यह तुमको समझना होगा।"

"पीटर साहब," मैंने कहा, "आप मेरे मित्र हैं। अगर आप मुझे लौटने के लिए कहते हैं, तो मैं आऊँगी।"

"यह सही है कि कमला मुझसे नाराज़ थी और तुम्हारी माँ भी। लेकिन मुझे वापस आना ही था। यह मेरा घर था। आज भी यही मेरा घर है। और तुम्हारा भी।"

हम एक साथ बहुत देर तक शान्ति से बैठे रहे। अँधेरा और गहराता गया। मैंने ख़ुशबूवाली मोमबत्ती को जलाया जिसे रोज़िंका ने पूरन के हाथों

भेजा था। क्या वह चम्पा की महक थी या यहाँ की वादियों में उगने वाले कुमुदिनी के फूलों की महक थी? मैं बता नहीं सकती।

"हाँ, एक और चीज़," बड़ी अम्मा ने कहा। "रोज़िंका के साथ जो कुछ हुआ, उसके बाद मैं बदल गयी थी। मुझे कुछ हिसाब बराबर करना था। मैंने पीटर साहब के बारे में कभी ऐसा नहीं सोचा था–हालाँकि मेरे पति गुज़र चुके थे। मैं एक विधवा थी, मैं अकेली थी, लेकिन मैंने अपनी दूरी बनाये रखी।"

"हम फिर से दोस्त बन गये थे, जैसे पहले थे। लेकिन कुछ था जो बदल गया था। मैं बदल गयी थी। अपने बीच के प्यार को पनपने दिया। एक बार फिर हम दोनों आदमी और औरत की तरह एक-दूसरे के पास आये। एक बार। और फिर दूसरी बार। फिर मैंने उनको कहा, "पीटर साहब, मैं इस घर में नमकहराम की तरह नहीं रह सकती। मैं आपका नमक खाती हूँ, रोज़िंका का नमक खाती हूँ। अब हम एक भाई और बहन की तरह यहाँ रहेंगे।"

पीटर साहब समझ गये। उन्होंने कहा, "ठीक है, लिली, मैं तुम्हारी बात समझता हूँ और जैसा तुम कहती हो वैसा ही होगा।"

उस समय उन्होंने मुझे यह अँगूठी दी, वही अँगूठी जो तुम्हें मिली। उन्होंने रोज़िंका को बुलाया और उसके सामने मुझे यह अँगूठी दी। "मेरे अन्दर एक सरदार का ख़ून है, रोज़िंका," उन्होंने कहा। "लिली मेरी बहन है। मैं यह अँगूठी उसको बतौर तोहफ़ा दे रहा हूँ। मेहरबानी करके मेरे जज़्बों का मान और सम्मान रखिए।"

"अगले ही वर्ष उनकी मृत्यु हो गयी। लेकिन हम दोस्त थे और प्रेमी भी। यह बात मैं तुम्हें समझाना चाहती हूँ।"

अभी भी बाहर बारिश हो रही थी। मेरे भीतर दु:ख और व्यर्थ होने की लहर प्रवाहित थी। मेरी बड़ी अम्मा बेहद बहादुर थीं। वे मुझे कुछ सिखाने, कुछ बताने की कोशिश कर रही थीं। उन्होंने मुझ पर यक़ीन करके मेरे साथ जो रहस्य बाँटे हैं, वह मेरे लिए बहुमूल्य निधि है।

शायद अभी भी देर नहीं हुई है। शायद मुझे भी किसी का प्यार मिले। किसी दिन।

"आपकी बहन को क्या हुआ था?" मैंने पूछा। कुछ देर तक वह शान्त रहीं।

"कमला के साथ क्रूर घटना हुई," आख़िरकार उन्होंने जवाब दिया। "वह गायों को चराने के लिए गयी थी। पहाड़ों के ऊपर बहुत सुन्दर चारागाह, शान्त और नीरव बुग्याल में उसका भाग्य इन्तज़ार कर रहा था। उन दिनों इन इलाक़ों में बाघ पाये जाते थे। कोई बाघ जिसका पैर ज़ख़्मी हो गया था, वह नरभक्षी बन गया था और बग़ल के गाँव में ही अपने शिकार की तलाश में भटक रहा था। जब उसने उसके ऊपर हमला किया, तब वह बेचारी शान्ति से बैठी बादलों को देख रही होगी, फूलों की ख़ुशबू ले रही होगी। बाघ ने उसके बदन के टुकड़े-टुकड़े कर डाले और उसे खींचता हुआ ले गया। गाँव के लोग उसकी खोज में गये। मैं भी उनके साथ गयी। हमें उसकी चाँदी की हँसुली मिली जो वह अपने गले में पहना करती थी। हमें ख़ून की धार उसके शरीर तक ले गयी।"

"हम पहाड़ी औरतों का जीवन बेहद कठिन होता है।" उन्होंने कहा, "लेकिन हम बलवान होती हैं। पर्वतों की तरह बलशाली जैसे कि तुम हो, इति। तुम्हें इस बारे में कभी कोई सन्देह नहीं होना चाहिए।"

और वह चली गयीं। मैंने उनकी ज़िन्दगी के बारे में सोचा और उनकी कहानी के बारे में जो उन्होंने मुझे बतायी। मैंने उस चोर मैगपाई के बारे में भी सोचा जिसने वह अँगूठी मुझे लौटायी थी। मुझे उनकी उस तस्वीर के बारे में भी ख़याल आया जिसे पीटर साहब ने खींचा था। और उस चित्र के बारे में भी जिस पर कोई दस्तख़त नहीं था जिसे नीना अपने साथ नहीं ले गयी थी। वह किसने बनायी थी? उस रात मैंने उस तस्वीर को सपने में देखा, और वह मुखविहीन तस्वीर पिघलकर मेरे स्कूल की दोस्त अनीता शिवदासानी के चेहरे में बदल गयी, वही दोस्त जिसने 25 साल की उम्र में ख़ुदकुशी कर ली थी। इन सबका क्या मतलब था? इन सबसे मैं क्या समझ सकती हूँ? सम्भवत: कुछ नहीं।

अगली सुबह बड़ी अम्मा मुझसे मिलने फिर आयीं। मैं बेहतर महसूस करने लगी थी। मेरी नानी मेरे लिए अदरक की तेज़ चाय का कप लेकर आयी और कुछ नमक पारे। यह चाय अमृत के समान लगी और नमक पारे ने मुझे सहारा दिया।

"इतनी सुबह उठकर ये सब बातें करना थोड़ी जल्दी है," बड़ी अम्मा ने कहा, "लेकिन जब मैंने तुमको इन सब कहानियों के बारे में बताया, रोज़िंका के हिंसक कारनामों के बारे में बताया, तुम्हें उन असहनीय और भद्दी घटनाओं को बताकर मुझे अपने भीतर हल्केपन का अनुभव हुआ है। कभी-कभी यह आत्मघाती होता है जब हम लोगों को–प्रेम या द्वेष में–लक्ष्मण-रेखा पार करने देते हैं। मैंने अपने प्यार के सिंगार के लिए पीटर साहब को उस लक्ष्मण रेखा को पार करने दिया। मैंने जो सब कुछ उसे मेरे प्रति करने दिया, उसमें मैंने रोज़िंका को उन रेखाओं को पार करने दिया। शायद यह मेरी आत्मग्लानि थी जिसने मुझे क्षमा करने की राह पर धकेला या कम से कम उन चीज़ों को भूलने के मार्ग पर जाने के लिए मजबूर किया जो उन्होंने की थीं।"

मेरा सिर अभी भी भारी था और मैं उनकी शिद्दत-भरी आवाज़ को सुनकर थोड़ा चिन्तित थी। लेकिन मैं समझ सकती थी कि उनका मुझसे बात करना ज़रूरी है, ताकि वह अपनी आवाज़ को जो दिल की गहराइयों में दबी है, बाहर निकाल सकें। उनकी स्थिति बाढ़ से उत्पन्न तूफ़ान और हलचल से भरी नदी के समान थी।

"मैं सिसूंण का सूप बनाने के लिए गर्म पानी में कुछ सिसूंण के पत्तों को उबाल रही थी। मैंने सोचा कि यह तबीयत ठीक करने में मदद करेगा। मेरी नानी हम चचेरे भाई-बहनों के लिए इस मौसम में यह बनाया करती थीं। इसलिए मैं सिसूंण के कुछ पत्ते तोड़कर लायी–इन पत्तों को बिच्छू घास भी कहते हैं–और उन्हें रसोई में उबालने के लिए डाल दिया। रसोई के किनारे ही बिच्छू घास की एक पट्टी थी। जहाँ से तोड़कर मैंने इन्हें पीतल के एक बर्तन में डाल लिया जिसे मैं पहले कभी-कभी इस्तेमाल करती थी।"

वे मुस्कुरायीं। "यहाँ पहाड़ों में हम इसे डाइन की चाय कहते हैं,"

उन्होंने कहा। "रोज़िंका ने इसका कुछ और नाम भी दिया है, कोई अंग्रेज़ी नाम है, लेकिन अभी वह मुझे याद नहीं, कोई मुश्किल शब्द।"

"विचिस ब्रू (डायनों द्वारा निर्मित मिश्रण)?" मैंने कहा।

"हाँ, हाँ। वह इसी नाम से बुलाती थी। लेकिन तुम पूछ रही थी कि इनको पेड़ से कैसे तोड़ते हैं। अब इनको पेड़ से तोड़ने का तरीक़ा है। तुम्हें इनको कसकर पकड़ना चाहिए, अपनी पूरी शक्ति के साथ और यह तुमको चोट नहीं पहुँचाते। लेकिन अगर तुम सावधान हो और डर रहे हो–और अगर इनका तुमसे स्पर्श हो जाये, तुम्हारी त्वचा से खरोंच लगे–तब यह सिसूंण के पत्ते चोट पहुँचाते हैं और चुभते हैं और जलन पैदा करते हैं।"

मैं सचेत, सतर्क तथा ध्यान से उनको सुन रही थी। वह मुझे क्या बताने की कोशिश कर रही हैं?

"यह सत्य की तरह है, इति! इसका सामना करो, पूरी शक्ति से पकड़ो, कोई टाल-मटोल नहीं और तुम इससे निपट सकती हो। सत्य को निर्भीक होकर थामना होता है, जैसेकि सिसूंण या बिच्छू घास।"

"तो कहाँ है प्रसिद्ध सिसूंण सूप?" मैंने हर्षित हो आवाज़ में रौनक जगाते हुए पूछा। "मुझे अच्छा लगा कि आपने मुझे डायन की चाय के बजाय अदरक की स्वादिष्ट चाय दी। शायद हम रात के खाने की जगह आज वही तूफ़ानी डायन का सूप पी सकते हैं।"

लेकिन वह मुझको नहीं सुन रही थीं। बड़ी अम्मा अपने आप से कुछ बड़बड़ा रही थीं। लग रहा था कि वह अपनी ही दुनिया में खोयी हैं।

"जो कुछ रोज़िंका ने मेरे साथ किया," उन्होंने कहा। "मैं उसे भूल गयी थीं–मैंने अपनी इच्छाशक्ति से उसे भुला दिया था। लेकिन यह घाव की तरह है जो भर चुका है, लेकिन कभी-कभी किसी मौसम में यह उभर आता है।"

मेरी नानी। मैंने उनके बाज़ू को सहलाया, झुर्रीदार त्वचा को दुलारा।

"मैं उसको कभी भूल नहीं सकती–प्रतीत होता है कि यह कहना बहुत बड़ी बात है," उन्होंने अपनी बात जारी रखी। "यह बहुत बड़ी बात

है और मूर्खतापूर्ण भी, क्योंकि हम भूल जाते हैं, क्षमा आड़े आ जाती है, और याददाश्त की बुनावट में बदलाव आ जाता है। मैं सब कुछ याद भी नहीं कर सकती कि उस दिन क्या हुआ। मुझे एक बार दोहराने दो तुम्हारे लिए कम से कम जो मुझे याद है।"

उन्होंने इन्तज़ार किया कि मैं रिकॉर्डिंग शुरू करूँ।

"बिच्छू घास ने मुझे याद दिलाया। यह पीटर साहब की मौत के बाद की बात है। घर में सिर्फ़ वह और मैं थे–हम दोनों, अकेले। हम दोनों शोक मना रहे थे और दोनों अपने अलग-अलग तरीक़ों से दर्द महसूस कर रहे थे।"

रोज़िंका एक गाना गुनगुनाते और उस पर थिरकते हुए रसोई के अन्दर आयीं। उनका चेहरा गुलाबी लग रहा था और उनके होंठों पर दानवी मुस्कान मँडरा रही थी। मुझे लगा शायद वह शराब पी रही थीं।

उन्होंने बर्तन से ढक्कन हटाया और उसकी महक सूँघी। जब आप सिसूंण को बनाते हैं तब उसकी महक अजीब होती है–तेज़ और हरे रंग की।

"तुम वहाँ क्या पका रही हो?" उन्होंने पूछा।

"मैं कुछ सिसूंण उबाल रही हूँ," मैंने जवाब दिया। "सिसूंण सूप इस मौसम में अच्छा होता है।"

उन्होंने आकर मुझे गले लगा लिया। मुझे पता चल गया कि वह शराब पी रही थीं, मैं उनके मुँह से आती हुई बदबू को सूँघ सकती थी। वह खिलखिलाने लगीं। "मुझे मालूम है और भी एक चीज़ जो इस मौसम में अच्छी होती है," उन्होंने शरारती अन्दाज़ में कहा।

उन्होंने मुझे रसोई की कुर्सी पर बैठने के लिए कहा और कुर्सी को रसोई की दीवार की तरफ़ मोड़ दिया। "मेरे पास तुम्हारे लिए एक आश्चर्य है," फिर मेरे गाल पर चुम्बन दिया। फिर मेरा चेहरा मेरी काली शॉल से ढक दिया, वही शॉल जिसे मैं सदैव घर में ओढ़ती हूँ। "अब अपनी ख़ूबसूरत आँखें बन्द करो," उन्होंने कहा।

मैंने ठीक वैसा ही किया जैसा उन्होंने मुझे कहा। वैसे भी, उनके साथ बहस करना व्यर्थ था। इसके अलावा अचानक मुझे बहुत थकान महसूस

होने लगी थी, पीटर साहब की मृत्यु का आघात बहुत भारी था जैसेकि फिर एक बार ज़ोर से मुझे चाँटा जड़ दिया था।

रोज़िंका ने रेडियो चालू किया और कोई अंग्रेज़ी गाना बजने लगा। गायिका की आवाज़ बहुत मीठी थी, उसकी आवाज़ में देववाणी जैसा प्रभाव था। मैं अनुभव कर सकती थी कि यह कोई दर्द-भरा प्रेम गीत है।

तभी रोज़िंका पीछे से आयीं और उन्होंने मेरे चेहरे से शॉल को खींच लिया। उन्होंने अपने हाथ में सिसूंण के उबलते पानी का बर्तन पकड़ रखा था। फिर उन्होंने उबलते पानी को मेरे ऊपर डाल दिया। सौभाग्य से, मैंने समय रहते तुरन्त अपना चेहरा दूसरी तरफ़ मोड़ लिया। लेकिन पानी मेरे बालों और गर्दन पर गिरा। मैं जलने लगी। और वह संगीत, वह दुखी गीत रेडियो पर बजता रहा।

मैं रसोई की कुर्सी के नीचे छिप गयी। उन्होंने बचा हुआ उबला पानी मेरे पैरों पर फेंक दिया। फिर वह सिसूंण के पत्तों को मेरे पैरों के ऊपर रगड़ने लगीं। उन्होंने हाथों में रसोई के सूती दस्ताने पहन रखे थे। मैंने उनको लात मारी और रसोई से बाहर भाग गयी–वैसे भी, मैं उनसे ज़्यादा शक्तिशाली हूँ। मैं आउट हाउस की तरफ़ भागी। दरवाज़े को अन्दर से बन्द करने से पहले मैंने सिसूंण के पास लगी पालक के कुछ पत्ते तोड़ लिये थे।

पालक के पत्ते सिसूंण के असर को काटने की क्षमता रखते हैं। इसलिए यह सदा एक साथ उगते हैं। यही प्रकृति का सन्तुलन है। शायद रोजिंका और मैं सिसूंण और पालक के पत्तों की तरह है, जो एक-दूसरे के प्रति मारक क्षमता रखते हैं।

मैंने पालक के पत्तों को अपनी पूरी त्वचा पर मल दिया। मैं फ़र्श पर लेटकर ग़ुस्से, दुःख और लाचारी से बहुत रोने लगी। मैं दो दिनों तक आउट हाउस में रही। उस रात रोज़िंका आयी और दरवाज़े को खटखटाया और अगले दिन फिर आयी, लेकिन मैंने कोई जवाब नहीं दिया।

"मैंने लौटने के बाद हफ़्तों तक उनसे बात नहीं की। वह भी चुपचाप

रहीं, बेहद दयालु और स्नेही, जैसेकि कुछ हुआ ही नहीं था। एकदम कुछ भी नहीं।"

यह सुनकर मैं हक्की-बक्की थी। शब्द मेरे लिए निरर्थक हो गये थे। "शायद ही मैंने कभी हैवानियत की ऐसी कहानी सुनी होगी," मैंने फुसफुसाते हुए कहा। "हमारा अब उनसे कोई सरोकार नहीं है। उनको कहो कि वह वसीयतनामा फाड़कर फेंक दें। आप मेरे साथ वापस चलिए। हम एक साथ गुड़गाँव में रह सकते हैं।"

लेकिन मुझे मालूम था और इस बात का एहसास हो गया था कि बड़ी अम्मा डाचा छोड़कर कभी नहीं जायेंगी। वह यहाँ डाचा से जुड़ी हैं। ठीक ऐसे ही जैसे मैं।

12

स्वर्ग का अवतरण

नौजवान अलग हैं। हालाँकि यह सामान्यीकरण हो सकता है लेकिन यह सच भी है। मुझे भी जवानी का अनुभव है। किशोरावस्था में मैंने भी जवानी की उमड़ती तरंग को महसूस किया था। लेकिन मेरी हालत और परिस्थितियाँ और अपनी माँ के साथ तनातनी के रिश्तों ने मुझे आज़ादी और विद्रोह की तरफ़ न जाने के बजाय सतर्क रहने पर ज़ोर दिया था। वह सतर्कता की सीमा भय के नज़दीक थी। यह महज़ असफलता का भय, दुःख का भय नहीं था बल्कि यह सफलता और ख़ुशी का भी डर था–इन चीज़ों के लिए मुझे क्या क़ीमत चुकानी पड़ेगी? इसके लिए वह मुझसे क्या माँग करेंगे और क्या मेरे भीतर उसको देने की ताक़त होगी?

"क्या तुम कभी जवान थी, इति?" रोज़िंका ने पूछा था। वह देख पा रही थी। मैंने कभी ज़िन्दगी जीने का कोई प्रयास नहीं किया था; मैं कभी जवान नहीं थी।

और फिर रोज़िंका हैं, अभी भी कमाल की जवान दिखती हैं। अपने उत्साह में ख़ुश मिज़ाज जवानी, धुन की पक्की हैं। वह एक ऐसी औरत हैं जो अपना ख़याल किसी भी समय और हर सूरत में रखेंगी–यह महज़ कोमल जवानी का सवाल नहीं है या ऐसा मुझको लगता है।

नीना भी जवान है। लेकिन जवानी जो मूर्खतापूर्ण है, उसके पास सहजता और अनुभव दोनों का बेहद अभाव है। वह उतावली, कोमल और बचावरहित है। ज़िन्दगी के ये सबक़ उसका इन्तज़ार कर रहे हैं। क्या वह सीखेगी?

वर्षा और तूफ़ान के उस प्रलय के हफ़्ते के दौरान नीना की कहानी ने दूसरा ही रास्ता अख़्तियार किया।

वर्षा एक दिन के लिए रुकी और पानी फिर से ताबड़तोड़ गिरने लगा। चारों तरफ़ ध्वंस, बिजली कटौती और बाढ़ का मंज़र था। अस्त-व्यस्त डाचा की हालत द्वीप जैसी बन गयी, जहाँ ज़िन्दगी उसी गति से चलती रही जैसे पहले चल रही थी। दूर-दूर तक बिजली का नामो-निशान न था और जनरेटर भी पूरी तरह से जवाब दे चुका था, लेकिन इन सब के बावजूद हम काम चलाते रहे।

औरतों की हालत और भी ख़स्ता प्रतीत होती थी। पूरन कहीं से मिट्टी के तेल से जलने वाली पुरानी लालटेन ले आया था जिन्हें वह शाम को जलाकर रोशनी करता था। हमारे पास कुछ फ़ालतू बैटरी थे और रोशनिका के गुप्त भण्डार से कभी न ख़त्म होने वाली कुछ ख़ुशबूदार मोमबत्तियाँ भी थीं। माली के घर में टेलीविज़न था, जो दूरदर्शन और दूसरे कई चैनल पकड़ता था, जहाँ से हमें बाहर की दुनिया की ख़बरें मिल जाती थीं।

उस दोपहर को पूरन आया और वह गम्भीर हालत में दिखाई दिया। "मेरे ख़याल से मुझे अफ़सोस है कि आपको एक बुरी ख़बर दे रहा हूँ।" खखारने के बाद वह बोला, "ख़बर यह है कि नीना–हमारी नीना–ज़मीन खिसकने के दौरान नीचे दब गयी है। वे उसे ढूँढ़ रहे हैं लेकिन उम्मीद बहुत कम है।"

रोज़िंका का चेहरा सफ़ेद पड़ गया। बड़ी अम्मा निष्क्रिय हो गयीं। मैं भयभीत थी।

"नीना हमारा परिवार है," बड़ी अम्मा धीरे से बोलीं। "वह पीटर साहब की भतीजी है। तुम पूरन के साथ जाओ, इति और पता लगाओ कि क्या हुआ है। देखो और पता लगाओ कि तुम कैसे मदद कर सकती हो।"

रोज़िंका ने नानी को चेतावनी-भरे चेहरे से देखा। फिर उनके चेहरे का रंग कुछ हद तक सामान्य पड़ गया। "हाँ, इति। लिली ठीक कहती हैं," उन्होंने कहा। "नीना तुम्हारी चचेरी बहन है। तुम्हें पता लगाना चाहिए कि हम कोई मदद कैसे पहुँचा सकते हैं।"

"मैं कैफ़े जाकर पता लगाऊँगी कि क्या हाल है?" मैंने कहा। पूरन मेरे साथ आया और हम कीचड़वाले पचपचे रास्ते पर चल दिये। पानी अभी भी लगातार पड़ रहा था। रास्ते की हालत बेहद ख़राब थी। मैं एक बार फिसलकर गिरी लेकिन बहुत नुक़सान नहीं हुआ सिवाय इसके कि मेरे कपड़े कीचड़ में सने जा चुके थे।

कैफ़े के बाहर लोगों की भारी भीड़ इकट्ठी थी, बारिश में भी लोग बहादुरी से खड़े थे। कोई स्थानीय टेलीविज़न दल अविनाश से बातचीत कर रहा था। "वह सुरक्षित होगी?" उसने कहा। "नन्दा देवी के आशीर्वाद से वह सुरक्षित होगी।"

उन्हें इन्तज़ार करती गाड़ी की ओर जाते देख मैं भी पीछे-पीछे चली गयी। वह ऊपर से खुली जीप थी जिसमें चालक की जगह एक पुलिस का आदमी बैठा था। "मैं भी आपके साथ आ रही हूँ," मैंने कहा। उसने अपना सिर हिलाया, और पूरन और मैं गाड़ी में भींचे हुए बैठ गये। कुछ गाड़ियों का क़ाफ़िला रंगीन लाल रोशनी और हॉर्न बजाते हुए हमारे पीछे-पीछे चलने लगा।

हम गुफा पर पहुँच गये। हमारे नीचे दायीं ओर गोला नदी बह रही थी। पूरे सैलाब की स्थिति थी। मैं अपने नीचे की तरफ़ ढहे मकानों और तैरते हुए मलबे को देख सकती थी।

फ़ोटोग्राफ़रों और मीडियाकर्मियों का दल गुफा के बाहर उत्सुकता से इन्तज़ार कर रहा था। बैठने की सुन्दर बेंच और आहते में बना छोटा बाग़ीचा ग़ायब हो गया था–भूस्खलन ने सब कुछ निगल लिया था। चट्टानों और पत्थरों के साथ-साथ चारों तरफ़ पेड़ उखड़े पड़े थे। बचाव दल के सदस्य काम में लगे थे, वे धीरे-धीरे मलबे को टुकड़े-दर-टुकड़े हटाने की कोशिश कर रहे थे। नीना गुफा के बीच कहीं फँसी थी, जहाँ पहाड़ ने अपने गर्भ में निवृत्त कर लिया था।

बचाव दल के भीतर मज़बूत और दृढ़ निश्चयी सुगठित जाँघोंवाले डोटियाल राहत-कार्य पहुँचा रहे थे। उन्होंने पीले रंग के हेलमेट और अँधेरे में दिखाई देने वाली चमकती जैकेट और सुरक्षा कवच पहने थे।

कोई जूता नहीं केवल रबड़ की चप्पलें पहनी थीं। हिमपात से गिरे पत्थरों और मिट्टी ने गुफा के दरवाज़े को बन्द कर दिया था, उसे तोड़ते हुए और काम की गति को बनाये रखने के लिए सभी एक साथ गूँज भरकर गाते हुए प्रहार कर रहे थे।

अचानक उनका गाना थम गया और वे पीछे हट गये। एक बहुत बड़ा साँप दलदल में से सरकता हुआ बाहर आया। उसकी लम्बाई 10 फ़ीट के क़रीब होगी। उसकी त्वचा पर वे ख़ास निशान बने थे जो किंग कोबरा के ऊपर होते हैं। हमने भय और आकर्षण के साथ उसे देखा। वहाँ इकट्ठे लोग हैरान थे, लेकिन बहुत देर तक नहीं। मोबाइल फ़ोन निकालकर इस पल को सहेजते हुए लोग नज़र आये। टेलीविज़न दल के सदस्य भी मन-माफ़िक़ दिन भर काम करते रहे। वे धक्कामुक्की करते रहे जब तक कि वहाँ भगदड़-सी स्थिति पैदा नहीं हो गयी।

बचाव दल को इस बात का ज्ञान था कि अचानक पैदा की गयी हरकत से साँप भड़क सकता है। नाग ने लोगों की तरफ़ देखा और मग़रूर होकर अपना मस्तक उठा लिया और फुफकार मारी। लोगों ने तालियाँ बजायीं। पूरन ने मुझे गाड़ी की तरफ़ खींच लिया।

"वह नाग इस गुफा का रक्षक देव है।" उन्होंने मुझे बताया। "इन बेवकूफ़ों को कुछ नहीं मालूम है। चलो हम नीना की रक्षा के लिए प्रार्थना करें।"

किसी फ़ोटोग्राफ़र ने नाग की तरफ़ पत्थर फेंकने की कोशिश की, लेकिन भीड़ ने उसको क़ाबू में कर लिया। अब तक वह हट चुका था और अपने स्थान पहाड़ों के बीच लौट गया था।

मैं अन्दर फँसी नीना के बारे में सोच रही थी, जो गुफा के अन्धकार-गर्भ में अटकी थी। क्या वह अभी भी जीवित थी? वहाँ पर वह क्यों गयी थी?

तभी बचाव दल को कुछ कामयाबी मिली। उन्होंने सावधानी से शिलाखण्ड को हटाकर संकीर्ण निकास का रास्ता बनाया। उन्होंने अपनी टॉर्च लाइट निकाली और सुरक्षा-रस्सियों से एक-दूसरे को बाँध लिया। मानवीय श्रृंखला अन्दर सरकने लगी और बाहर खड़ी भीड़ ने तालियाँ बजायीं।

अविनाश ने भी अन्दर रेंगने की कोशिश की लेकिन उसको उन्होंने वहीं रोक दिया। पानी पड़ना रुक गया था। मेरा दिल ज़ोर से धक-धक कर रहा था।

हमने लगभग एक घण्टे तक इन्तज़ार किया। दल के दो सदस्य बाहर आये और उन्होंने इशारे से स्ट्रेचर लाने को कहा। अन्दर घुसने के संकीर्ण मार्ग को पट्टी से बन्द कर दिया। तभी दो और लोग दिखाई दिये जो किसी को खींचने की कोशिश कर रहे थे। वह नीना थी।

मैंने उसकी एक झलक पाने के लिए भीड़ में से निकलकर आगे बढ़ने की कोशिश की। उसका चेहरा मिट्टी से पुता हुआ था। ऐसा लगा कि वह बमुश्किल होश में थी लेकिन उसके होंठों पर बुझी मुस्कान बिखरी थी।

एक कामचलाऊ एम्बुलेंस के ज़रिये उसको सैन्य मैदान तक ले जाया गया, जहाँ से उसे विमान सेवा द्वारा हल्द्वानी के सरकारी अस्पताल में भेजा गया। इस अग्नि-परीक्षा ने उसको राष्ट्रीय नायिका का दर्जा दे दिया था। उसके बारे में सन्देश और उसकी तस्वीरें और कविताएँ पूरे प्रान्त में फैल गयी थीं। जो सन्देश उसने सोशल मीडिया पर डाले थे, वे लोगों का ध्यान खींच रहे थे। क्षेत्र के प्रमुख अख़बार के लम्बे लेख का शीर्षक था "नीना कौन है?"

हम घर लौट आये। बड़ी अम्मा और रोज़िंका बरामदे में हमारा बेसब्री से इन्तज़ार कर रही थीं। "वह ज़िन्दा है," मैंने उन्हें बताया। "वह जल्द ही ख़तरे से बाहर आ जायेगी।"

अगले दिन मैं अविनाश की तलाश में कैफ़े पहुँची, लेकिन वह हल्द्वानी के अस्पताल में था। मैं अपने फ़ोन में ख़बरों को उलटने-पलटने लगी। इंटरनेट रुक-रुककर चल रहा था लेकिन दुनिया भर की ख़बरों को जानने की इच्छा ने मजबूर किया। मुझे जानना भी तो ज़रूरी है, मैं अभी भी इस दुनिया से जुड़ी हूँ।

13
प्रत्येक महिला

प्रचण्ड बाढ़ के बाद सुहावने मौसम के दिन आये। मेरे मैगपाई ने सूर्य में धूप सेंकी और अपने पंखों को सुखाया। सावधानी से उल्लुओं ने बाहर झाँका। वे सब ख़ुश दिखाई दिये।

वहाँ एक तेंदुआ था जो शिकार के लिए घूम रहा था। यह कुकरिया बाघ था, जो आमतौर पर कुत्ते और छोटे जानवरों का शिकार करते हैं, लेकिन लगता है कि इसकी हिम्मत बढ़ गयी थी और यह ज़्यादा ख़तरनाक हो गया था। रात को कोई लड़की अपने काम से वापस घर जा रही थी जो किसी गेस्ट हाउस में रिसेप्शनिस्ट (स्वागत अधिकारी) की नौकरी करती थी, उस पर इस तेंदुए ने हमला कर दिया। हालाँकि वह इस हमले में बच गयी।

ऐसा लगता था कि आराम के लिए प्रकृति बिल्कुल समीप है। यह कोई रूमानी सुखद जीवन नहीं था–यह संघर्ष था, जंग थी। शहरों से आने वाले सैलानी और घुमक्कड़ किसी भी तरह से मददगार नहीं बनते थे।

अँधेरा होने के बाद हम घर से बाहर न जायें, इसके लिए पार्वती ने हमें सतर्क किया था। "बाहर जाकर टहलने या फिर चाँद को सरहाने की कोई ज़रूरत नहीं है," उसने समझाया था।

पर मैं बाहर गयी थी। यह देर रात की बात थी। आसमान की ऊँचाइयों पर चाँद जमा हुआ था, लेकिन वह बहुत नज़दीक प्रतीत होता था। मुझे ऐसा लगा जैसे वह मुझे देखकर मुस्कुरा रहा है, मुझसे बात कर रहा है।

मुझे एक अजीब आवाज़ सुनाई दी, पहचानी लेकिन अनजानी। ऐसा लगा जैसे कोई लकड़ी काट रहा था—पर इतनी देर रात को कौन ऐसा कर सकता था।

फिर सड़े हुए मवाद की गन्ध मेरी नाक से टकरायी। यह तेंदुआ था जो शिकार पर निकला था।

मैं चिल्लायी या भागी नहीं। मैं दबे पाँव वापस बरामदे की ओर बढ़ी और जल्दी से अन्दर घुस गयी। मेरे भीतर के पहाड़ीपन की शक्ति ने मुझे सतर्क रहते हुए कठिन समय में जीना सिखाया था।

अगले दिन जब मैंने रोज़िंका को वह बात बतायी तो वह जोश और उत्साह से भर गयी। "काश मैं भी वहाँ पर होती," उन्होंने कहा। "जब मैं जवान थी, तब मैंने एक बाघ को मारा था। उस वक़्त हम शिकार पर जाया करते थे। उन दिनों के बारे में क्या कहूँ, वे दिन कुछ और ही थे!"

और वे दिन बड़े ख़ुशहाल और मेल-मिलाप के दिन थे। शाम को, मैं दूसरी औरतों के साथ बैठती थी, हँसी-मज़ाक़ और लतीफे सुनाये जाते थे। यह ज़रूर है कि शहर और वहाँ का काम मुझे बार-बार खींचता था। मैंने अपने दिल की आवाज़ सुनी और यहाँ भाग आयी, लेकिन अब यहाँ लौटकर आना बिल्कुल सही और अक़्लमन्दी का फ़ैसला लगता है। लेकिन मैं हमेशा के लिए तो यहाँ रह नहीं सकती या रह सकती हूँ? यह समय कितना लम्बा होगा—क्या हमेशा के लिए होगा?

"आप मौत के बारे में क्या सोचती हैं, रोज़िंका?" एक बार मैंने उनसे पूछा था।

उन्होंने शरारतन खिलखिलाकर कहा था। "अहा...मौत मेरे बारे में बहुत कुछ सोचती है। मृत्यु तो हमेशा मेरे बारे में सोचती है!"

बात चल रही थी कि भूमिगत फाइबर लैण्डलाइन बिछायी जायेंगी जिससे डिजिटल सम्पर्क बढ़ जायेगा। इसके आने से मैं सुदूर इलाक़ों से भी काम कर पाऊँगी। मैं नेटफ़्लिक्स भी देख पाऊँगी। अपने स्कूल के व्हाट्सएप ग्रुप से भी जुड़ जाऊँगी। इधर मैं उनके बारे में जानकारी और उनके स्नेही सरोकारों को याद करने लगी थी।

ख़ासतौर से रोज़िंका इंटरनेट लगने की बात से उत्साहित थीं। वह इसके बारे में काफ़ी समय से कोशिश कर रही थीं लेकिन कई तरह की मुश्किलों के कारण जैसेकि डाटा सम्पर्क की कठिनाइयाँ थीं, जिससे चित्रों की छाया पकड़ने की प्रक्रिया पूरी तरह से काम नहीं कर पाती थी।

उधर पूरन को ताज़ा जानकारी लेने के लिए भेजा गया। वह अविनाश का सन्देश लेकर वापस आया। अविनाश चाहता था कि वह रोज़िंका और बड़ी अम्मा से आकर मिले। रोज़िंका मिलने के बारे में एहतियात बरतना चाहती थीं, लेकिन ख़ैर वह अगले दिन मिलने आ पहुँचा। उसका चेहरा मुरझाया और पराजित दिखाई दिया।

"नीना वापस आ गयी है," उसने जवाब दिया, "...लेकिन वह अभी ठीक नहीं है। उसके पैर की हड्डी टूट गयी है। हादसे की चोट और टूटन से वह बुरी तरह से हिल गयी है। कुल मिलाकर कहूँ, तो यह बहुत बुरा हादसा था जिसने उसको तोड़कर रख दिया है, तभी वह स्थिति का सामना बहुत बहादुरी से कर रही है।"

उसने संकोच किया। फिर बोला, "मेरी आशा थी कि आप लोग उसे यहाँ आकर डाचा में ठहरने देते, ताकि उसे आराम मिले और उसकी तबीयत सुधरे। उसकी देखभाल के लिए ज़रूरत है...औरतों की...मेरा मतलब है परिवार की। मैंने कोशिश की, लेकिन मैं वह नहीं हूँ जिसकी मदद की उसको अभी ज़रूरत है।"

"तुम्हारे बीच क्या हुआ?" रोज़िंका ने पूछा। "वह क्यों उस तूफ़ान के बीचोबीच भागकर उस गुफा में थी? शायद यह कहकर मैं संग-दिल सुनाई दूँ लेकिन इसके लिए वह ख़ुद ज़िम्मेदार है। वह लड़की आफ़त है। हम बूढ़े लोग हैं। मुझे नहीं लगता कि हम और मुश्किलें झेल सकते हैं।"

अविनाश ने रोज़िंका को लम्बा गोलाकार डिब्बा दिया जो वह अपने साथ लाया था। "यह रेरिख़ की तस्वीरें हैं," उसने कहा। "वही जिसे उसने चुराया था। मैं इसमें शामिल नहीं था। उसने कहा था कि वह इसे अपने दहेज के रूप में लेकर आयी है।"

"यह फ़िज़ूल की बात है," मैं चिल्ला उठी। "चोर सिर्फ़ चोर होता है। क्या उसके पास नैतिक इन्सानियत नाम की कोई चीज़ है? यह किस तरह की इन्सान है कि कला की किसी चीज़ को नुक़सान पहुँचाये?"

"नीना अभी इतनी सयानी नहीं है," उसने जवाब दिया। "लेकिन वह अच्छी इन्सान है। उसका जीवन आसान नहीं रहा है–और अब जो कुछ हुआ, वह सम्भवत: उसके लिए बहुत दर्दनाक है। मेहरबानी करके उसको एक अवसर और दीजिए।"

"वह चाहती थी कि हम शादी कर लें।" अविनाश ने बोलना जारी रखा। "मैंने उसको कहा कि मैं अभी तैयार नहीं हूँ, मुझे थोड़ा और समय चाहिए। तभी उसने गुफा की चाबियाँ लीं और आधी रात को मेरी मोटरसाइकिल पर सवार होकर सनसनाते हुए चली गयी।"

उसने आह भरते हुए कहा। "मेरी मोटरसाइकिल भी मटियामेट हो गयी। वह पूरी तरह से चूर-चूर हो चुकी है और मुझे बीमा का कोई पैसा भी नहीं मिलेगा, शायद यह दैविक कृत्य था। मैं आपको कैसे बताऊँ कि मैं उस मोटरसाइकिल से कितना प्यार करता था।" उसकी आँखों से आँसू उतर आये थे।

"वह लड़की आफ़त है।" रोज़िंका ने फिर से कहा। उनकी आवाज़ में मनहूसियत का भाव था। "लेकिन हम उसको वापस लायेंगे। वह परिवार का हिस्सा है। यूँ तो बेवकूफ़ी को बर्दाश्त करना मुश्किल होता है, लेकिन कभी-कभी यह ज़रूरी हो जाता है।"

हम सबने उनकी बात सुनी और उनके शब्दों को गहराई में उतरने दिया।

"क्या मैं तुम्हारे लिए थोड़ी चाय लाऊँ, अविनाश?" बड़ी अम्मा ने पूछा। उसने आभार दर्शाते हुए सिर हिलाया।

"क्या मैं तस्वीरें देख सकती हूँ?" मैंने पूछा। "मैं आशा करती हूँ कि और कोई नुक़सान नहीं हुआ है?"

उसने तस्वीर को खोलकर खाने की मेज़ पर रख दिया। वे भव्य थीं। मानो जैसे हिमालय की आत्मा–उस पर पड़ने वाली बर्फ़ और ओलों की वर्षा, देवदार और सरोबर के पेड़, बादल और आकाश तस्वीरों में सँजोये

हुए थे। मेरी आँखें भर आयीं, उनके हमारे पास डाचा में लौटने से, जो उनका वास्तविक स्थान था।

"क्या आज नीना को वापस ले आऊँ?" अविनाश ने आशान्वित होते हुए पूछा।

रोज़िंका ने सहमति में सिर हिलाया। "ले आइए," उन्होंने कहा, "हम उन्हें यहाँ रखेंगे।"

फिर वह हरकत में आ गयी। नीना की देखभाल के लिए पार्वती की भतीजी सुनीता को बुलवाया गया। "हमें कोई चाहिए जो उस लड़की पर नज़र रख सके," उन्होंने कहा। "सुनीता संस्कृत में एम.ए. पास है। वह सब चीज़ों को सँभाल पायेगी। शायद वह भी नीना की उम्र की है।"

उनके ख़याल किस तरह से काम कर रहे थे, उन कड़ियों को मैं समझ नहीं पायी, लेकिन रोज़िंका दुरुस्त सोच रही थीं। डाचा में नीना के प्रवेश करते ही सुनीता ने मोर्चा सँभाल लिया। अविनाश उसको टैक्सी में लेकर आया था। वह व्हीलचेयर (पहियेदार कुर्सी) पर थी और उसके पाँव में प्लास्टर लगा था। उसके चेहरे और बाँहों पर खरोंच और छिलने के निशान नज़र आ रहे थे। कई दिनों से उसने बालों में कंघी नहीं की थी। वह वापस आने पर आभार महसूस करती हुई नज़र आयी, लेकिन उसने हममें से किसी से बात नहीं की। सुनीता नीना को उसके कमरे में ले गयी।

बाहर की आवाज़ों और महक लेने के लिए, मैं बाग़ीचे में दाख़िल हुई। पृष्ठभूमि में कहीं से गाय के रँभाने की आवाज़ें सुनाई दे रही थीं। जैसे-जैसे सैलानियों के नये जनसमूहों की वापसी आरम्भ हुई, गाड़ियों के हॉर्न बजने लगे। मकड़ियों के जाल चमके, सूर्य देव बादलों को चीरते हुए प्रकाशित हुए और साथ ही धूल के कण हीरे और सोने के समान चमक उठे।

धतूरे के फूल निखर आये थे और उनकी तेज़ और नशीली महक से वातावरण भर गया था। धतूरे का पौधा घातक होता है और इसके मतिभ्रमदायक ज़हर में सपना देखने और वहमी बना देने की क्षमता होती है। तूफ़ान ने दूसरे फूलों को कुचल दिया था। पूरन बाग़ीचे को

ठीक-दुरुस्त करने की कोशिश में जुट गया था ताकि फिर से बाग़ीचे की व्यवस्था और समन्वय लौट आये, लेकिन इसमें समय लगना था।

मैं गीली, कीचड़दार, मरी घास के इर्दगिर्द टहल रही थी और शायद यह मौसम था या नीना का दृश्य, जो मृत्यु से बच गयी थी, दो अमर इन्सानों की छाया में लौट रही थी—मैंने ख़ुद जीवन के बारे में सोचते हुए पाया, इसके उलझे हुए जाल के बारे में। शायद यह मकड़ी के जाले की तरह था, जिसमें सकेन्द्रित वृत्त और सहज ज्यामिति आकार थे। इसकी पुनरावृत्ति और चक्रों में, सीपियों में, कविता में, फिबोनाची अनुक्रम में जीवनस्वरूप समाहित था। और फिर भी यह मनमानी और अप्रत्याशित था।

बड़ी अम्मा बाग़ीचे में आयीं। वह अपने हाथ में एक किताब लायीं। "यह तुम्हारे लिए है," उन्होंने कहा। "पीटर साहब की किताब।"

तो यह थी। पीटर पाल सिंह द्वारा लिखित कुमाऊँ और गढ़वाल की लोककथाएँ। आवरण पृष्ठ पर लकड़ी पर नक़्क़ाशी किया हुआ चित्र था। यह चित्र किसी औरत और पेड़ का था। मैंने पन्ने पलटे। यहाँ मुख्य पृष्ठ था। यह बिना दस्तख़त का चित्र था, वही चित्र जो लाइब्रेरी में भी था। मेरी नानी की तस्वीर थी जो उनके बिना चेहरे की शक्ति को चित्रित कर रही थी।

फँफूदीदार काग़ज़ पर छोटे छपे अक्षरों को पढ़ना कठिन था। 'मुख पृष्ठ : EVERYWOMAN (प्रत्येक औरत)। लेखक द्वारा चित्रित।'

जब तक मैं नानी को कहने के लिए मुड़ती और इस उपहार के लिए उनको धन्यवाद कहती, तब तक वह अन्दर जा चुकी थीं।

मैं बरामदे के कोने में बैठ गयी और पढ़ने लगी।

> 'इन लोककथाओं को लगभग एक सदी पहले रूसी भाषाविद् और विद्वान द्वारा एकत्र किया गया था, यह कुमाऊँ क्षेत्र की मौखिक परम्परा के हास्य, व्यंग्य और ज्ञान को उजागर करती है। हिमालय के कथाकारों के स्वरों को पहले कुमाऊँनी और

हिन्दुस्तानी से रूसी और जर्मन भाषा में–और अब इनको अंग्रेज़ी में अनुवाद किया गया–वे मानवीय स्वभाव की सार्वभौमिकता दर्शाते हैं। उनके प्रतीयमान सादगी में बृहद् मनीषा मौजूद है।'

'कहानियाँ हमारे भीतर के भय और आशाओं के उद्गार और हमारी कल्पना शक्ति की उपज हैं।' यह कहते हुए पीटर पॉल सिंह का परिचय जारी था। 'लोककथाएँ सम्प्रदाय के सामूहिक स्वप्न होते हैं, वे उनके सपने देखने वाले मन का परिचायक हैं।'

मैं सपनों की दुनिया में समा गयी थी। मुझे याद है कि बड़ी अम्मा मुझे ये कहानियाँ सुनाती थीं, जैसे खाता खुमानी के कमरे की बल्लियों के इर्दगिर्द अँधेरे प्रतिबिम्ब नाचते थे।

मेरी यादों में वाबस्ता वे सभी कहानियाँ इस किताब में मौजूद थीं। मैं अपनी नानी की आवाज़ को इन कहानियों में सुन सकती थी। जैसेकि चतुर पत्नी की कहानी, अपहृत राजकुमारी, निर्वासित राजकुमार–ये सब मेरे लिए जानी-पहचानी कथाएँ थीं। यह मेरा बचपन था।

'वह अँधेरे जंगल में अकेले विचरण कर रही थी। लम्बी लटकती शाखाओं के बीच में बैठे उल्लू आवाज़ें दे रहे थे। आकाश में ऊँचाई पर चन्द्रमा चमक रहा था, लेकिन जंगल रात के अँधेरे से ज़्यादा अधिक अन्धकारमय लग रहा था...'

अपनी नानी की कहानियों की सलामती और सुरक्षा के लिए और उनके अलिंगन के लिए मैं अपने बचपन के लिए तरसती हूँ। मुझे उनके अलिंगन की गर्माहट से शुद्ध और सम्पूर्ण ख़ुशी का अनुभव पता चला। अचानक, फिर एक बार इन कहानियों का सामना मैं बर्दाश्त नहीं कर पायी। मैं किन कारणों से बेक़ाबू होकर रो रही थी, मुझे समझ नहीं आया।

'एक बार एक अमीर और शक्तिशाली व्यक्ति गाँव का मुखिया था, जिसके पास अनेक गायें और भैंसें, धान के खेत और फलों के बाग़ थे। उसकी ख़ूबसूरत पत्नी थी लेकिन उसकी एक कमज़ोरी थी–वह लोगों का मज़ाक़ उड़ाती थी, यहाँ तक

कि वह अपने पति के साथ भी ऐसा व्यवहार करती थी...एक दिन गाँव में एक फ़क़ीर आया और उसने रात को ठहरने के लिए भोजन और रुकने के लिए छत का आग्रह किया। मुखिया ने अपनी बीवी को कहा कि वह फ़क़ीर को एक बिस्तर और कुछ खाना दे दे। लेकिन उसकी बीवी अजनबी लोगों के साथ अशिष्ट व्यवहार करती थी और जो लोग बतौर मेहमान घर आते थे, वह उनको बासी खाना देती थी।

'फ़क़ीर को ग़ुस्सा आ गया था, उसने अपने शक्तिशाली जादू से एक चुड़ैल को बुलाया ताकि वह इस औरत के घमण्ड को तोड़कर नम्रता जगा सके और उसको सबक़ सिखा सके। चुड़ैल ने घर के अन्दर एक बन्दर के रूप में प्रवेश किया, जो लंगूर के रूप में था। साथ ही वह अपना शागिर्द भी लायी जो कौवे के रूप में आया...'

तभी बाग़ीचे से चिल्लाने की आवाज़ आयी और मैं देखने के लिए बाहर आयी कि क्या हुआ था। जैसे जादुई तालमेल जो कहानी तथा उसके भीतर घटित दृश्यों का कोई करिश्मा था, वास्तव में एक बड़ा लंगूर बाग़ीचे में दाख़िल हुआ था, पार्वती चौंककर, बाग़ीचे में पड़ी कुर्सियों में से एक कुर्सी पर बैठ गयी। क्या वह फ़क़ीर भेष बदलकर आया था? या यह चुड़ैल थी?

और क्या शहतूत के पेड़ पर बैठा कौवा वही था?

मैं उस किताब को ऊपर अपने कमरे में ले गयी, रूमाल से उसको बाँधकर अपने तकिये के नीचे रख दिया। फिर मैं नीचे की तरफ़ निकल गयी।

नीना के कमरे से हँसी की आवाज़ आयी–तभी सुनीता के कमरे से भी आवाज़ आयी। मैंने झाँका।

नीना पहले से ज़्यादा साफ़-सुथरी नज़र आ रही थी। सुनीता ने उसके बालों को गूँथकर दो चुटियाँ बनाकर उनको ऊपर की ओर लपेट दिया

था, जो उसके कानों से गुज़र रही थीं। यह विचित्र था कि वह काफ़ी प्यारी दिख रही थी। वह बिस्तर पर अपने प्लास्टरवाले पाँव को तकिये के ऊपर रखकर लेटी थी। उसके हाथ में एक नोटबुक थी जिसमें से वह कुछ पढ़कर सुनीता को सुना रही थी।

नोटबुक को पहचान लिया–'एक असम्भव प्रेमी की कविताएँ' नीना ने गाने के अन्दाज़ में कुछ पंक्तियों को गाया।

The World is a puzzle
Life is a muzzle.
I want to be free
But how can that be?

उसने नज़र उठाकर देखा और उसका ध्यान मेरी तरफ़ गया।

"तुमको कैसा लगा, इति?" आज उसने आँखों में लेंस नहीं पहने थे, लेकिन उसकी आँखें हमेशा की तरह अचरज में डाल रही थीं। "आख़िरकार, मैंने इन्हें पोस्ट करने का मन बना लिया है और अब दुनिया के सामने लेकर आऊँगी और बताऊँगी कि मैं सोशल मीडिया का सितारा हूँ। तुम्हारा क्या ख़याल है?"

मैंने उसकी तरफ़ ध्यान से देखा। उसकी मैंने पहले कभी हँसी नहीं सुनी थी। मुझे रेरिख़ की तस्वीरें याद आयीं, और उस तस्वीर के किनारों पर लगे वीभत्स निशानों का ख़याल आया। क्या मैं नीना पर फिर से भरोसा कर सकती हूँ?

मैं डगमगायी, फिर मैंने अपने शब्दों पर विराम लगाया। सिर्फ़ इतना कहा, "हाँ ज़रूर इन्हें पोस्ट कर डालिए।"

मैंने अपना दरवाज़ा बन्द कर लिया और मुझे हँसने की आवाज़ें फिर से सुनाई दीं। सुनीता ने उसे कहानी सुनाना शुरू कर दिया था। नीना की हँसी में बे-तकल्लुफ़ी की स्पष्ट झंकार थी।

मैंने चुपचाप सुना और फिर आगे बढ़ गयी।

14

किसने भूतों को बाहर आने दिया?

यह वह दोपहर थी जब सब कुछ बदल गया।

रोज़िंका बरामदे में बैठी हुई थी। उनकी आँखें स्वप्नमय दिखाई दे रही थीं।

"सपना देखा कि मैं फिर से बच्ची बन गयी हूँ," उन्होंने कहा। "पता नहीं अगर इसका मतलब है कि मैं मरने वाली हूँ।"

"इसका मतलब यह क्यों होगा?" मैंने पूछा। "इसके अलावा, आप तो अमर हैं।"

"इसका रिश्ता भ्रूण याददाश्त से जुड़ा है," उन्होंने कहा। "गर्भ में लौटना। जहाँ हम सब लौटते हैं।"

"आपके शुरू-शुरू की यादें क्या हैं?" मैंने पूछा, मैं चाहती थी कि कुछ और बातों की चर्चा करें, न कि उनके मरने की।

"मेरी रूसी दादी की," रोज़िंका ने निःसंकोच होकर कहा। "उनकी नीली आँखें। उनकी मुस्कान।"

"मेरा ख़याल था कि आपकी स्कॉटिश दादी थीं," मैंने कहा।

"हर समय विस्तार, ब्योरा, इति! क्यों तुम थकाने वाली बातें पूछती हो? हर किसी के कम से कम दो दादा-दादी और नाना-नानी होते हैं– कभी-कभी तीन जैसेकि तुम्हारे लिए मैं हूँ!"

मैं देख सकती थी कि वह अभी जवाब देने की मनोदशा में नहीं थीं। थकान उनके चेहरे पर उभर आयी थी। नाक से बलगम का टुकड़ा उनकी स्लेटी आँखों के किनारे आकर चिपट गया था। आज उन्होंने सुरमा

लगाया था। यह लगाने में उनकी मदद कौन कर सकता है? नीना तो नहीं, बिल्कुल नहीं। पार्वती? सुनीता?

"आज मैंने तुम्हारी माँ का सपना देखा," बड़ी अम्मा ने मुझे बताया जब मैं बैठक-कमरे से बाहर जा रही थी। "सपने में, वह मुझसे बात कर रही थी। उसने मुझसे पिछले 30 सालों में बात नहीं की। मैं आशा करती हूँ कि वह ठीक है।"

उस दोपहर को घर का टेलीफ़ोन बजा। मेरी माँ का बेंगलुरु में निधन हो गया था। यह सब कुछ अचानक हुआ था। वह शान्ति से विदा हो गयी थीं।

उनके पति–मेरे लिए उन्हें अपना सौतेला पिता मानना बेहद कठिन था, यह मालूम होते हुए भी कि मैं उनको बहुत कम जानती थी–की एहसानमन्द थी। लेकिन हमारा सम्बन्ध दूर का था, जब उन्होंने यह ख़बर दी। अन्तिम संस्कार उसी दोपहर को था। मेरा वहाँ पहुँचने की कोशिश करना निरर्थक था।

मैंने शोक मनाने का प्रयास किया, लेकिन सब कुछ समझ के बाहर लग रहा था। मैंने अपनी माँ को याद करने की कोशिश की लेकिन उनकी यादें, हमेशा की तरह धुँधली और अधिकांश अंश तकलीफ़देह थे। मैं बिस्तर में रज़ाई से सिर ढककर लेट गयी। कुछ रूखी सिसकियाँ आकर चली गयीं, लेकिन इसके अलावा और कुछ भी नहीं हुआ।

माएँ। उन्हें तो हमें प्यार करना चाहिए। मैंने कभी नहीं किया। मेरी भावनाएँ लापरवाही, निष्क्रिय तथा सक्रिय घृणा और उनके प्यार की अभिलाषा के बीच डोलती रही।

पीछे मुड़कर देखती हूँ, अब जबकि वह नहीं हैं, तब मैं परोपकारी बनने की कोशिश करती हूँ और अपने भीतर बसी उनकी असफलताओं और प्रतिकूल भावनात्मक अंश को ज़िम्मेदार ठहराती हूँ। वह कर्तव्यों और ज़िम्मेदारियों के बोझ से दबी थीं और उनके पास अतिरिक्त बोझ उठाने की क्षमता नहीं बची थी। उनके भीतर इच्छाशक्ति और आत्मबोध का अभाव था, जिसको पूरा करने के लिए उन्होंने शक्ति और कड़ा रुख़

अपनाया। इसको उन्होंने अनुशासन का नाम दिया, लेकिन इसका अर्थ कहीं भी आदर्श बर्ताव या कार्रवाई करना नहीं था। इसके बजाय ये अपने वश को ढुलमुल और अधूरे मन से थोपने के प्रयास करती थीं, सिर्फ़ इसलिए कि उनका मानना था कि उनसे ऐसी अपेक्षा की गयी है।

वह मेरे बारे में क्या सोचती थीं, वह मेरे बारे में कैसा अनुभव करती थीं?

मुझसे जिस तरह वह बातें करती थीं, उसमें संकोच होता था, इसने हमारे बीच दूरियाँ पैदा कीं जिसे हम दोनों में से कभी कोई पाट नहीं पाया। कुत्तों की तरह मैं उनके भीतर के भय को सूँघ सकती थी और वह मेरे अन्दर घृष्टता को पैदा करता था।

फिर बड़ी अम्मा थीं, जो सब कुछ थीं, जैसेकि नानी दादी हो सकती हैं। उन्होंने माँ के जैसा मेरा पोषण किया, मुझे स्नेह और गर्मजोशी से प्यार किया। मुझे प्यार देने में उन्होंने कभी कोई झिझक नहीं दिखाई। उनके मन में मेरे लिए कभी भय नहीं था।

जब मैं जवान थी–मुझे ठीक से याद नहीं कि मेरी उम्र क्या थी–मैंने अपनी माँ के साथ कुछ हफ़्ते रुड़की में बिताये थे। सर्दी के लिए स्कूल बन्द हो गया था और रोज़िंका बड़ी अम्मा को किसी काम के लिए अपने साथ कोलकाता ले गयी थीं। अपनी माँ से मैंने बहुत मिन्नतें कीं कि वह मुझे किसी पालतू जानवर को रखने दें ताकि जब वह घर पर नहीं रहेंगी तब वह मेरे साथ रहेगा। उन्होंने मेरी बात को अनदेखा किया, उसके प्रति कोई ध्यान नहीं दिया। और फिर एक सुबह जब बारिश हो रही थी, तब बिल्ली का एक छोटा-सा बच्चा हमारे दरवाज़े के बाहर बैठा मिला।

"तुम इसे पालतू बिल्ली की तरह रख सकती हो," उन्होंने संयोग से यूँ ही कह दिया। "मुझे बिल्लियाँ पसन्द हैं। तुम्हारी नानी को भी बहुत पसन्द है, इसलिए तुम चाहो तो वापस जाते हुए इसे साथ ले जा सकती हो।"

दोनों उस बिल्ली के बच्चे की देखभाल मिलकर करते थे, बोतल से उसको गर्म दूध पिलाते थे, उसको फटे कम्बल में लपेटकर ख़राब मौसम से बचाकर रखते थे। वह हल्के लाल अथवा नारंगी रंग की बिल्ली थी,

उसका अन्दाज़ सुस्त सिंहिनी जैसा था। वह बड़ी होकर नरम और ख़ुशमिज़ाज की तरह हमारे ऊपर राज करने लगी। हमने उसका नाम पूसा रखा।

माँ ने मुझे कभी गले नहीं लगाया–दैहिक गर्मजोशी और स्वयं स्फूर्ति की अनुपस्थिति हमारे रिश्ते की विशिष्टता थी। लेकिन वह पूसा को गले लगाती थीं और उसके साथ खेलती थीं, उसकी ठुड्डी के नीचे सहलाती थीं और उसे म्याऊँ की आवाज़ निकालने के लिए मजबूर करती थीं। उस दौरान वह अलग दिखाई देती थीं, उनका चेहरा नरम पड़ जाता था और उनके कन्धे ढीले हो जाते थे। उस दौरान उनके चेहरे पर जो झलक दिखाई पड़ती थी, मैं उसी माँ की चाहत रखती थी।

अब जब वह यहाँ मौजूद नहीं हैं, शायद मुझे उन्हें इसी रूप में याद रखने की कोशिश करनी चाहिए, जिस तरह वह पूसा के साथ खेलती थीं, और उसे म्याऊँ कहलवाने के लिए उत्साहित करती थीं।

ऐसा नहीं था कि मेरी माँ ने मुझ तक पहुँचने की कोशिश नहीं की–भले ही चुपचाप या लद्धड़ अन्दाज़ में ही सही, उन्होंने यह कोशिश की। लेकिन हमेशा हमारे बीच में एक अनकही दीवार खड़ी रहती थी। हम दोनों में से कभी कोई इन दूरियों को मिटा नहीं पाया।

और अब वह जा चुकी हैं। जैसेकि वह कभी थीं ही नहीं।

"हमें बैंगलोर जाना चाहिए," बड़ी अम्मा ने कहा।

"बहुत देर हो चुकी है, लिली," रोज़िंका ने कहा, "तुम्हारी उम्र काफ़ी हो गयी है और इसे बदलना भी मुश्किल होगा। बैंगलोर काफ़ी दूर है। तुम्हें गाड़ी चलाकर दिल्ली जाना पड़ेगा और फिर हवाई जहाज़ लेना पड़ेगा।"

"हमें जाना ही होगा," बड़ी अम्मा ने ज़ोर देकर कहा।

"मैं कैफ़े जाऊँगी और टैक्सी के साथ-साथ दिल्ली से हवाई जहाज़ का इन्तज़ाम करुँगी।" मैंने कहा।

जैसे ही मैं बाहर आयी, अचानक मेरे फ़ोन में जान आ गयी। ई-मेल और सन्देश आने शुरू हो गये। नया इंटरनेट का बुर्ज चालू हो गया था।

और यह फिर से बन्द हो गया, जैसेकि दूर अन्तरिक्ष में किसी रेडियो की आवाज़ बन्द हो जाती है।

मैंने अपनी माँ के सदा लटके हुए होंठ और उनके दाँतों के बीच के फ़ासले और उनसे आती हुई महक के बारे में सोचा। उनके और मेरे बीच में यह फ़ासला इतना बड़ा कब हो गया? हम में से किसने पहले हार मान ली थी?

कैफ़े में बहुत चहल-पहल थी। कोई प्रसिद्ध क्रिकेटर–इसी पहाड़ी इलाक़े से था–अपनी पत्नी के साथ यहाँ कॉफ़ी और शौचालय के लिए रुका था। अविनाश हैरान मगर ख़ुश दिखाई दे रहा था। उसने मेरी तरफ़ देखकर मुस्कान दी और जल्दबाज़ी में आगे बढ़ गया। मैं काउंटर के नज़दीक ही खड़ी हो गयी और अपने फ़ोन पर हवाई जहाज़ के विकल्प ढूँढ़ने लगी। ये किराये बहुत ही महँगे थे। हमें होटल बुक करने की भी ज़रूरत थी, क्योंकि उनके पति, मेरे सौतेले पिता, बिल्कुल अजनबी थे।

यह मुझे अजीब प्रतीत होता था कि जिस व्यक्ति से यह दैहिक और भावनात्मक दूरी, वही मेरा जन्मदाता था। क्या उन्होंने मेरे बारे में मरने के पूर्व सोचा था? अथवा अपनी माँ के बारे में? वह किससे भाग रही थीं? वह कहाँ भागी थीं?

उसी समय पूरन कैफ़े में आया, "रोज़िंका मैडम की तबीयत बिगड़ गयी है!" उसने कहा। "डॉक्टर वहाँ आ चुका है। मैं कुछ दवाइयाँ लेने के लिए जा रहा हूँ।"

मैं पर्वत की ओर दौड़ी। मेरा दिल तेज़ी से धड़क रहा था। आँसू झलकते हुए मेरे गालों से नीचे गिर रहे थे। यह रोज़िंका थीं जिन्होंने अब तक मेरी ज़िन्दगी को थाम रखा था। मैं उनको किसी सूरत में जाने नहीं दे सकती थी।

अब तक मैंने अपनी माँ के लिए कोई आँसू नहीं बहाया था। यह बहते आँसू उनके लिए भी थे, और मेरे बीते बचपन के लिए भी। जैसे ही मैं डाचा के दरवाज़े के नज़दीक पहुँची, मैं पेड़ की जड़ जो दग़ाबाज़ रुकावट बनकर मेरे रास्ते में आ गयी थी, उससे टकराकर गिर पड़ी। मेरे

बाज़ू पर खरोंच आयी थी और मेरे घुटने रगड़ खा गये थे, और जब मैंने उठने की कोशिश की, तब महसूस किया कि मेरे घुटने मुझे खड़ा होने में मदद नहीं दे रहे। मैं घुटनों के बल चलते हुए बाग़ीचे में आयी और मदद के लिए आवाज़ लगायी।

पार्वती बाहर आयी और उसने मुझे अन्दर आने में मदद की। बरामदे में एक महिला डॉक्टर बैठी थीं, जिनके गले में आला लटका हुआ था। वह चाय पी रही थीं। उनकी बग़ल में एक लम्बा और ढीला-ढाला आदमी पुराना थैला हाथ में लिये खड़ा था। जब डॉक्टर ने मुझे देखा तब वह खड़ी हो गयीं और मुझे अन्दर आने में मदद की। "यह आपने ख़ुद को क्या कर लिया?" बेहद सुरीली आवाज़ में जो मैंने पहले कभी नहीं सुनी थी, मुझसे पूछा। शायद वह कोई फ़रिश्ता थीं, मैं भ्रमित होकर सोचने लगी और उनके सामने बेहोश हो गयी।

उसके बाद कुछ धुँधला था। वह लम्बा आदमी मुझे उठाकर अन्दर ले गया। जब मुझे होश आया, तब मैं बैठक-कमरे में सोफ़े पर लेटी थी। "रोज़िंका कहाँ हैं?" मुझे याद है कि मैं रो रही थी। "क्या वह जिन्दा नहीं हैं!"

रोज़िंका की हँसी पूरे कमरे में गूँज उठी। "मैं इतनी आसानी से जाने वाली नहीं हूँ," उन्होंने घोषणा की। "मैं तो बस सबको थोड़ा डराना चाहती थी–लेकिन तुम और तुम्हारी प्यारी मृतक माँ ने पहले ही मेरे जाने का नाटक कर दिया।"

बड़ी अम्मा रो रही थीं। नीना जारी दृश्य का हिस्सा बनने के लिए लँगड़ते-लँगड़ते अपने कमरे से बाहर आयी। मुझे लगा जैसे व्यंग्य नाटक का आख़िरी अंक चल रहा है, सिवाय मेरी माँ जिनका देहान्त अभी हुआ था। लेकिन रोज़िंका अभी भी जीवित थीं। मेरी आँखों में राहत के आँसू भर गये थे।

"डॉक्टर रेड्डी, यह मेरी बेटी, इति है," रोज़िंका ने कहा।

"इति, यह डॉक्टर रेड्डी हैं, हमारी नयी पड़ोसी," उनका बोलना जारी रहा। "मैंने तुम्हें इनके बारे में बताया था।"

मैंने बातों को समझने की कोशिश छोड़ दी। डॉक्टर रेड्डी ने मुझे एक गिलास पानी पीने के लिए दिया। उन्होंने मेरी नब्ज़ को देखा। अपने आले से मेरी जाँच-पड़ताल की। मेरे शरीर का तापमान लिया। मुझे कुछ दवाइयाँ खाने के लिए दीं और मेरे टखने और पिण्डलियों पर पट्टी लपेट दी।

"आप ठीक हैं बिल्कुल बारिश की तरह," अपनी खनकती आवाज़ में उन्होंने कहा।

"बारिश सही नहीं होती," मैंने जवाब दिया।

उन्होंने संगीतमय हँसी में जवाब दिया। "फिर भी एक अद्‌भुत सुधार है..." उन्होंने कहा। "मैं हाल ही में शिशु रोग विशेषज्ञ के पद से सेवानिवृत्त हुई हूँ, लेकिन मैं सभी उम्र के रोगियों को देख सकती हूँ। मुझे आपकी जैसी आकर्षक महिला से मिलकर बेहद ख़ुशी हुई और मैं हफ़्ते में दो बार इनकी हालत की जाँच के लिए आ जाऊँगी। तब तक के लिए ठीक से रहिए।"

और वे चली गयीं, और वह लम्बा आदमी उनके पीछे-पीछे चला गया।

"हम, जी रहे हैं," रोज़िंका ने विजयी भाव से कहा।

उन्होंने विचारशील होकर बोलना जारी रखा, "*We, the Living* (*हम जो जीवित हैं*)। दुनिया की महानतम क्लासिक साहित्यिक कृति है। मैंने इसे दो बार पढ़ा है। काश, लिली तुम इसे पढ़ पातीं, लेकिन जहाँ तक मुझे मालूम है, इसका हिन्दी तर्जुमा नहीं हुआ है।"

वह नीना की तरफ़ मुड़ी। "यह एनडी द्वारा लिखित है–नहीं, एनी। एनी रैंड। तुमको कभी यह पढ़नी चाहिए। तुमको यह दो-एक बातें सिखायेगी।"

"मैं पढ़ूँगी," नीना ने जवाब दिया। "मैं ज़रूर पढ़ूँगी।" वह उतनी ही चिन्तामुक्त और ख़ुश नज़र आ रही थी जितना कि हम सब बाक़ी लोग कि रोज़िंका ज़िन्दा थीं।

"रोज़िंका को क्या हुआ था?" मैंने बड़ी अम्मा से पूछा।

"उनको चक्कर आया और वह गिर पड़ीं। उनके चेहरे का रंग उड़ गया था। वह बोल नहीं पा रही थीं। पूरन ने भागकर पड़ोस की डॉक्टर

रेड्डी को बुलाया। मैडम जब जवान थीं तब बेहोश हो जाती थीं, लेकिन पिछले बीते वर्षों में वह बिल्कुल सेहतमन्द रही हैं।"

मैंने ध्यान दिया कि वह अब रोज़िंका कहने के बजाय मैडम के सम्बोधन पर लौट गयी थीं। यह बेहद विचित्र दिन था।

"उन्होंने क्यों मुझे अपनी बेटी कहा?" मैंने पूछा।

बड़ी अम्मा ने साँस ली। "शायद वह उलझन में थीं। मैंने देखा है, इन दिनों उनका दिमाग़ यहाँ-वहाँ भटक रहा था। वे मुझसे बड़ी हैं, हालाँकि वह जवान दिखती हैं। उम्र तो सबकी बढ़ती है। उनकी भी।"

"हम बैंगलोर नहीं जा रहे," मैंने बड़ी अम्मा को बताया। "हम कहीं नहीं जायेंगे।"

बड़ी अम्मा मुस्कुरायीं। "हम शाश्वत नहीं हैं," उन्होंने कहा। "हम नाश्ते में अमृत का सेवन नहीं करते। हमारा समय जल्द आ रहा है। तुम अभी जवान हो। तुम्हारे सामने तुम्हारी पूरी ज़िन्दगी पड़ी है।"

"आप शाश्वत हैं," मैंने कहा, और उन्हें गले लगा लिया।

15

ग्रीष्म ऋतु का अन्तिम गुलाब

स्थान : डाचा का बैठक-कमरा। मनोदशा : अतीत के लिए लालायित। शाम का उत्तरार्द्ध। मौसम : सुहावना, लेकिन सर्दियों की दस्तक का संकेत। नाटकीय पात्र : रोज़िंका, बड़ी अम्मा और आपकी आज्ञाकारी।

रोज़िंका ने बड़ी अम्मा को बताया था कि कुछ मोमबत्तियाँ जला दें। कोई चार मलाई रंग के स्तम्भ थे जिनके किनारे पुराने मोम से गुथे थे। ये बासी गुलाब की बदबू देते थे और उनसे सुनहरी चमक निकलती थी।

और ये फूल। यहाँ चम्पा के फूलों की कलियाँ खिली थीं, और बड़े-बड़े चम्पा के फूल जो अपने बोझ से झुके हुए बग़ल में लगे थे, साथ में घुमावदार पुष्प केसर के गुच्छे शिथिल पंखुड़ियों के इर्दगिर्द फैले थे।

"मेरा मन संगीत सुनने का है," रोज़िंका ने शान से यह ऐलान किया। "लेकिन पहले हम दोस्तों, परिवार और अपने शुभचिन्तकों के लिए जाम उठाकर उन्हें याद करें।"

वह लड़खड़ाते हुए अलमारी की ओर गयी और कुछ शराब के गिलास जिन पर अभी भी थोड़ी धूल लगी थी, उनमें शराब डालकर ले आयी। "हम सब अपने प्याले एक साथ ऊपर उठाये! और लिली भी थोड़ी शराब पियेगी। नहीं कहने से काम नहीं चलेगा, मेरी दोस्त।"

बड़ी अम्मा सजग दिखाई दीं। हम एक साथ बैठ गये। यह शराब बेहतरीन थी।

वहाँ पर पुराना ग्रामोफ़ोन प्लेयर था जिसे भगवान जाने कहाँ से निकालकर बग़ल की मेज़ पर रखा गया था। यह मेरे लिए बेहद आश्चर्य की बात थी कि रोज़िंका उसे ज़ोर से घुमाकर चालू कर पायीं।

माहौल संगीत से साराबोर हो गया था। धीमी फुहार आरम्भ हो गयी थी और टीन की छत पर टिप-टिप पानी की मद्धिम आवाज़ सुनाई देने लगी थी। यह बेहद संगीतमय था।

Tis the last rose of Summer
Left blooming all alone;
All her lovely companions
Are faded and gone;
No flower of her kindred,
No rose-bud is nigh,
To reflect back her blushes
Or give sigh for sigh...

मानो उस ख़ास बिन्दु पर आकर संगीत रुक गया–लेकिन अभी भी उसकी गूँज कमरे में जारी थी।

"लगता है, मशीन ने जवाब दे दिया है!" रोज़िंका ने कहा। "मशीनों पर कभी किसी को भरोसा नहीं करना चाहिए। मेरे पास संगीत है और उसके शब्द हैं।"

यह इच्छाशक्ति का परिणाम था अथवा रोज़िंका के जादू का जिसकी वजह से पुराना ग्रामोफ़ोन काम करने लगा था या मायाजाल। वह काँपते स्वर में लेकिन आत्मविश्वास के साथ गाने लगीं।

So soon may I follow
When friendships decay
And from Love's shining circle
The gems drop away!

वह मुझसे मुखातिब हुईं। "इति, मेहरबानी करके थोड़ी और शराब दो–हम सबके लिए।"

मैंने वही किया जो मुझे बताया गया था, विनीत भाव से मैंने तामील की। मैं उनके क़ाबू में थी।

When true hearts lie withered
And fond ones are flown,
Oh! Who would inhabit
This bleak world alone?

मैं रो रही थी। मेरे नमकीन आँसू लुढ़कते हुए मेरे गालों पर गिर रहे थे। मैं उन्हें प्यार करती थी, रोज़िंका को मैंने प्यार किया, वह जैसी थीं उसके लिए, बावजूद इसके और जो कुछ वह थीं।

"यह पुराना आयरिश गीत है," उन्होंने कहा, "लेकिन मुझे याद है कि यह उस फ़िल्म से था...लेकिन मैं नाम भूल गयी हूँ।"

उस रात वह गीत मेरे मन में घूमता रहा, यहाँ तक कि बाहर से आती उल्लुओं के हूट की आवाज़ और बल्लियों की चरमराहट : "ग्रीष्म ऋतु का अन्तिम गुलाब।"

16

डिजिटल के दिन

डाचा में इंटरनेट का आगमन हो चुका है। मैं तो ज़्यादा इस्तेमाल नहीं करती–मैंने इस आदत को छोड़ दिया है और वैसे भी इसके सम्पर्क की तेज़ी एक समान नहीं रहती। यह दख़लअन्दाज़ी करता है। लेकिन यह इस बात की भी तसदीक़ करता है कि हमारी दहलीज़ पर यह दुनिया इन्तज़ार कर रही है।

मैंने नया उपन्यास लिखना शुरू कर दिया है, सभी पहले अधूरे उपन्यासों को छोड़कर। कहानी मन में उभर रही है, लेकिन कहानियों को दूसरी कहानियों के साथ उलझने की प्रवृत्ति होती है। एक सटीक कथानक और उसके साथ गतिविधियों और परिणामों का स्पष्ट फलक सीधे तौर पर सम्भव नहीं होता है। ख़ासतौर से यहाँ यह सम्भव नहीं, इस कभी न ख़त्म होने वाली काल्पनिक धरती पर।

पतझड़ आ चुका है और अपनी ज़िद पर अड़ा है। पेड़ों ने अपना रंग बदल लिया है। चारों तरफ़ लाल और पीला रंग फैला हुआ है। रात का आसमान साफ़ है। दिन धूप की रोशनी से सराबोर हैं। शामें ठण्डी लेकिन मुलायम हैं।

हिमालय की ऊँचाइयों पर बर्फ़ पड़ी है। हर सुबह आसमान पर बादलों की चादर ढकने से पहले जानी-पहचानी चोटियाँ मेरा स्वागत करती हैं।

मैं बाग़ीचे में बैठकर लोककथाओं की पुस्तक पढ़ती हूँ तब ऊपर से मैगपाई मेरी निगरानी करता है। यह किताब पीटर पॉल सिंह ने जर्मन से

अंग्रेज़ी में अनुवाद की थी या रूसी संस्करण से थी? कहानियाँ घूमती हैं ऐसे जैसेकि आकाश में पक्षी घूम-घूमकर चहकते और आवाज़ें लगाते हैं, ऐसी अनेक कहानियाँ हैं, और फिर भी, अक्सर, वही कहानियाँ हैं।

बड़ी अम्मा मुझे एक कहानी बताती थीं, किसी लड़की की जो अपनी नानी के साथ कल्पनाओं की कभी न ख़त्म होने वाली धरती पर रहती थी। उस कहानी को मैंने पीटर की किताब में ढूँढ़ा, लेकिन वह मुझे नहीं मिली।

बड़ी अम्मा ने मुझे एक और कहानी सुनायी थी जो एक सफ़ेद कौवे के बारे में थी। सर्दियों के दस्तक देते ही यह कौवा पर्वतों के ऊपर आकाश में घूम-घूमकर नाचता था। सख़्त और कड़ाके की ठण्ड का यह सूचक था, उस पक्षी को देखने का अर्थ था कि बर्फ़ीले तूफ़ान और बर्फ़बारी होगी, यदि लोग उसको देखते थे तो वे भय से काँपने लगते थे। वह कहानी इस किताब में थी। मैंने वह पढ़ी और दोबारा पढ़ी।

कौवे और मैगपाई ये सभी कॉर्विड परिवार के पक्षी हैं और चालाक और चतुर होते हैं। ये चेहरों को पहचान सकते हैं और शिकवा-शिकायत भी रखना जानते हैं। यह औज़ार बना सकते हैं और अपना खाना छुपाते हैं। यह जीवन भर के लिए साथी चुनते हैं। अपने मृतकों के लिए अन्तिम संस्कार भी करते हैं।

मैंने सफ़ेद कौवे का सपना देखा, लेकिन वह मैगपाई बन गया, मेरा मैगपाई और उड़ गया। रात भर उल्लू चिल्लाते रहे। कुत्ते चाँद को देखकर भौंकते और भूँकते रहे। पतले पर्दों के पीछे पतंगे फड़फड़ाते रहे।

मौसम फिर से बदल गया है। बारिश और ओले और बर्फ़ीली वर्षा कई दिनों से लगातार जारी है। बद्रीनाथ के पास एक हेलीकॉप्टर गिर गया है। बसें नालों और खड्डों में ग़ायब हो गयी हैं और नदियाँ उफान पर हैं। बिजली आती-जाती रहती है। इंटरनेट सब जानकारियाँ देकर हमें चारों तरफ़ फैली आफ़तों से सतर्क रखे है। वे इसको जलवायु परिवर्तन और भूमण्डलीय तापमान वृद्धि जैसे निष्प्राण शब्दों से सम्बोधित करते हैं, लेकिन यह इससे बढ़कर है। यह भगवान का क्रोध है।

बड़ी अम्मा ने मुझे ऐसा ही बताया है और मैं उन पर यक़ीन करती हूँ। "उत्तरांचल, हमारा उत्तराखण्ड, देवभूमि है, भगवान की धरती है। 'मानस

खण्ड' जो प्राचीन पुस्तक है, उसमें इसको यही कहा गया है। अब पर्वतों के भगवान संयम से बाहर हो गये हैं–उन्हें एकान्तवास पसन्द है, वह धक्कम-पेल पसन्द नहीं करते। इसलिए उन्होंने सैलानियों और लालची इमारत बनाने वालों को धकेलना शुरू कर दिया है, जो हमारी देवभूमि में प्रदूषण फैला रहे हैं। उन्हें चट्टानों से धक्का देकर, उन्हें भूस्खलन तले दबा देंगे, उन्हें पानी से लबालब भरी नदियों में डुबो देंगे।"

"अगर वे तब भी नहीं समझे," उन्होंने जोड़ा, "तो वह जंगल को आग लगा देंगे। वह पवित्र भूमि को हमसे छीन लेंगे और उसे फिर से हरा-भरा और नया बना देंगे।"

इसके पहले मैंने उन्हें कभी इतना जोशीला होकर बोलते नहीं सुना था।

वे अकेली नहीं थीं। पूरन और उनकी बीवी भी बग़ल के गाँव के मन्दिर से लौट आये थे और एक-दूसरे से खुसर-फुसर कर रहे थे। वे परेशान दिखे।

"क्या बात है? तुम बेचैन दिखाई देती हो," मैंने पार्वती से कहा।

उसकी जगह पूरन ने जवाब दिया। "दूसरे गाँव के मन्दिर में हिमालय से कोई साधु आये थे," उसने कहा। "उन्होंने बताया कि भगवान इन पर्वतों को छोड़कर जाने वाले हैं, जब तक कि लोग अपने रहने-सहने के तरीक़े नहीं बदलेंगे। वे लोगों को बाहर खदेड़ने के लिए राक्षसों और प्रेत-आत्माओं को भेजेंगे। किसी महान व्यक्ति को ताज पहनाकर राजा बनायेंगे, जो पूरे पर्वतों और घाटियों पर राज करेगा। केवल जिज्ञासु और पुण्यात्माओं को यहाँ आने की अनुमति होगी–शेष सभी को कूड़े की तरह यहाँ से नीचे धरती पर फेंक दिया जायेगा। उस साधु के अनुसार यह पहले से ही जोशीमठ में हो चुका है, और यह सब कुछ सभी जगहों पर होगा।"

यह ख़तरनाक सुनाई दिया, लेकिन साथ ही आश्वासन भी मिला। जो इस बात पर है कि किस दृष्टिकोण से आप इस भविष्यवाणी को समझें।

अब पूरन ने बोलना बन्द किया और पार्वती ने बोलना शुरू किया। "हमने शिवजी के ताण्डव नृत्य के बारे में सुना है–अब शायद हम देवी

भैरवी के विध्वंस नृत्य को देखेंगे! देवियाँ यहाँ से नहीं जायेंगी–जब तक भगवान वापस नहीं आते तब तक वे यहाँ रहकर रहस्यों की रक्षा करेंगी।"

यह कुछ असमंजस में डालने वाली बात लगी लेकिन पता नहीं क्यों थोड़ी तसल्ली भी हुई। पार्वती ने अपनी घड़ी देखी। "मुझे गोश्त को दही और मसालों में मिलाना है," उसने कहा, "और बड़ी अम्मा के लिए खिचड़ी बनानी है! भगवान तो नीचे उतरकर मेरी मदद करने रसोई में आयेंगे नहीं!"

मैं अपने उपन्यास पर लगातार जी-जान लगाकर काम करती रही। विध्वंस की इन रातों में मैंने मोमबत्ती की रोशनी में लिखना जारी रखा। सुनीता ने औरतों के ऊपर निगाह बनाये रखी।

बहुत थोड़े समय के लिए एक बार मैंने लेखन प्रशिक्षण के सबक़ लेने के लिए नामी गुरुआनी को रखा। उन्होंने मेरे बहुतायत कवित्व प्रयोग और लम्बे उद्धरण देकर लिखने की आदत पर मुझे फटकार लगायी। "यह अभाव का प्रतीक है, यह लक्षण है मौलिकता और रचनात्मकता की कमी का," यह उन्होंने ताव झाड़ते हुए कहा। उन्हें मुझको नीचा दिखाना ख़ासकर अच्छा लगता था, साफ़तौर पर इसे वह काम से मिले फ़ालतू भत्ते और इनाम का हिस्सा मानती थीं।

मेरा सवाल यह है–अगर मैं प्रभावी तौर से और पर्याप्त जिन भावनाओं को जाग्रत करना चाहती हूँ, इससे मैं कम असम्पूर्ण और कम अव्यवस्थित महसूस कर सकती हूँ तब ये भावनाएँ क्यों कुछ तथाकथित उच्चकोटि के मानव द्वारा अवहेलित की जायें? यह बात मैंने उनसे कही नहीं, लेकिन यदि वह फिर मुझे मिलें तो मैं उन्हें कहूँगी।

मेरा फ़ोन और उसकी अभयदान रूपी टॉर्च मेरी साथी है। छत पर वर्षा के टपकने की लय मेरे रक्त-प्रवाह में घुस चुकी है और मेरे गद्य की लय का हिस्सा बन चुकी है।

डाचा में रहते हुए इन मानसूनी महीनों में मेरे भीतर कुछ बदलाव आया है। अब मैं किसी प्रभामण्डल के व्यापक रंग-शैली का अंग बनने, उसकी स्वीकृति, उसमें विलय होने की कोशिश नहीं करती।

लम्बे अन्तराल के बाद मैं अपने स्कूल के व्हाट्सएप ग्रुप पर लौटी हूँ। ये ढलती उम्र की लड़कियों का समूह है, जो आपस में खेल और ज़िन्दगी के प्रेरणादायक सन्देश तथा हँसी-ठिठोली साझा करती हैं, सब एक-दूसरे का उत्साह बढ़ाती हैं। वे एक-दूसरे के साथ मेहरबान और सहज रहती हैं, अपनी ज़िन्दगी में सुरक्षित हैं, अपनी अपेक्षाओं के साथ तालमेल बिठाकर चलती हैं।

काश मैं उन्हीं के जैसी ज़्यादा होती–मैं स्वीकारती हूँ–लेकिन कहीं-ना-कहीं इस लगातार की उत्साही ठिठोली में बेढंगी बाहरवाली रहती हूँ। मैं कोशिश करना नहीं चाहती, क्योंकि मैं असफल होना नहीं चाहती। मुझे एहसास होने लगा है कि मुझे उनकी ज़िन्दगी से ज़्यादा आसान इस अधूरी ज़िन्दगी को जीना लगता है।

मैंने सोचा धुन्ध और रहस्य से घिरे डाचा के बाग़ीचे में खड़ी हुई मेरी ख़ुद की तस्वीर को लगाऊँ और धोषणा करूँ कि मैं लम्बी छुट्टी पर हूँ, लम्बे समय से बहुप्रतीक्षित उपन्यास लिख रही हूँ–लेकिन फिर किसी ने मेरी ग़ैर-मौजूदगी पर तो ध्यान ही नहीं दिया...

समूह की एक लड़की ने बेहद उदास सन्देश डाला। "क्या आपको याद है अनीता शिवदासानी? वह बहुत साल पहले ख़ुदकुशी करके मर गयी थी। वह लाल फ्रेम के चश्मे पहना करती थी और दो लम्बी चुटियाँ रखती थी।"(इस सन्देश के साथ टूटे दिल का इमोजी जोड़ा गया था)

"हाँ, अनीता शिवदासानी की माँ डेनवर में मेरी आंटी अरुणा की पड़ोसी थी। वह पिछले हफ़्ते सुपर बाज़ार में हुई सामूहिक हत्या में मारी गयी। भगवान उसकी आत्मा को शान्ति दें। अलविदा आंटी शिवदासानी। आशा करती हूँ कि अपनी स्वर्ग-यात्रा में आप अनीता से मिलेंगी। ओम शान्ति।"

मेरे दिल की धड़कन रुक गयी, कई धड़कनों के चूकने के बाद ये वापस लौटीं। मैं लाल चश्मों के बारे में भूल गयी थी। मेरी दोस्त अनीता। वह भी अपने भीतर अकेलेपन को समाहित किये हुए थी जिसने उसको उस ओर धकेला जहाँ वह हमें छोड़कर चली जाये।

इसके पहले कि वह झुण्ड फिर से अपनी छुट्टियों और उनकी तस्वीरों पर चर्चा करता, कुछ पसन्द के चिह्न और कुछेक रोने की प्रतिक्रियाओं को जोड़ा गया था। कोर्फ़्यू। सिनसिन्नाटी। चेन्नई।

मुझे पता चल गया था कि मुझे यह करना है। समय आ चुका है जब मैं समूह से बाहर निकल जाऊँ। जैसे ही मैंने सपाट स्क्रीन पर अलविदा लिखना शुरू किया मेरी उँगलियाँ घबड़ाहट से घूमने लगीं। "मैं अपने निजी कारणों से आपसे विदा ले रही हूँ। अपना ख़याल रखें और ख़ुश रहें। हम फिर से मिलें तब तक के लिए, आपकी, इति आर्या।"

मुझे मालूम नहीं इसके बाद क्या हुआ, किसी ने इस पर ध्यान दिया कि मैं समूह से निकल गयी हूँ या किसी ने कोई टिप्पणी करने के बारे में सोचा।

कल्पनाओं की एक असम्भव धरती। मैं अकेली थी, और ख़ुद, उस जगह जहाँ मेरी जड़ें थीं। कभी-कभी हमें सहारे के लिए वहाँ लौटना पड़ता है।

हल्द्वानी में बहुत ही सजीला चश्मा बनाने वाले की दुकान खुली थी, मैंने वहाँ जाकर एक नया चश्मा ख़रीदा। "यह कछुआ कवचवाला फ्रेम आपकी त्वचा के रंग से ख़ूब मेल खायेगा," उसने मुझे सच्चाई का एहसास दिलाने का प्रयत्न करते हुए कहा लेकिन उसकी आवाज़ से सच्चाई का अंश तक नहीं था। लेकिन मुझे वह बहुत पसन्द आया और मैंने उसे महसूस किया, उसकी घुमावदार कमानियाँ और रंग-बिरंगे काले और पीले फ्रेम, लिहाज़ा, मैं शिकार बन गयी और मैंने कुछ ज़्यादा ही पैसे दिये जो मुझे नहीं देने चाहिए थे।

उसकी सलाह पर मैंने अपने लेंस का नम्बर भी बदलवाया। अचानक सब कुछ साफ़, तीक्ष्ण और और बड़ा-बड़ा दिखाई दे रहा था।

उस शाम को जब हम रोज़िंका का जन्मदिन मना रहे थे, तब मैंने वह नया चश्मा पहना। उन्होंने तारीख़ और साल बताने के बारे में संकोच दिखाया। "एक दिन मैं जवान महसूस करती हूँ और फिर दूसरे दिन बुज़ुर्ग," उन्होंने कहा। "मेरी उम्र आगे-पीछे होती रहती है।"

मैंने 80 मोमबत्तियाँ ख़रीदी थीं और बड़ा चौकोर केक जिसमें 73 लोगों के खाने का प्रबन्ध हो जाये।

हम छोटी-सी दावत के लिए लोगों के साथ इकट्ठे थे। पूरन और पार्वती को भी बैठक के कमरे में आने के लिए कहा गया था। डॉक्टर रेड्डी भी आयी थीं। साथ ही नीना और सुनीता, बड़ी अम्मा और मैं। और रोज़िंका।

वे गुलाबी कश्मीर शॉल के साथ ख़ूबसूरत पोशाक पहनी जिस पर मनकों और हीरो की सजावट थी, जिससे (नेफ़्थलीन) कीड़े मारने की दवा की बू आ रही थी। उन्होंने अपने नाख़ूनों पर लगी पॉलिश के रंग को शॉल के रंग से गहरा रखने के लिए फ़्लेमिंगो गुलाबी रंग लगाया था। इस शाम को उन्होंने आँखों के नीचे लगाने के लिए चमकीला गुलाबी रंग चुना था। उनकी आँखें चमक रही थीं।

बड़ी अम्मा की एक आँख के किनारे बलगम का रेशा चिपका हुआ था। वे चेहरे से संयम ओढ़े थीं जिसका अर्थ था कि वह आनन्द लेने में असमर्थ थीं। मैं उनकी बहुत हिफ़ाज़त का अनुभव करती थी। मैं उनकी आँख पर चिपके रेशे को साफ़ करना चाहती थी। मैं उनकी भौंह को साफ़ करना चाहती थी।

लेकिन रोज़िंका ने शराब का गिलास माँग लिया। बड़ी अम्मा ने इनायत-भरी मुस्कान से देखा और डगमगाते हुए शराब की अलमारी की तरफ़ चल पड़ीं।

हमने ख़ुशी से जाम उठाये। रोज़िंका ने हम सबको आदेश दिया कि हम मोमबत्तियों को फूँक मार कर बुझायें। "मैं फूँक मारकर अपनी साँस रोकना नहीं चाहती..." उन्होंने कहा। हमने आह फूँ की आवाज़ लगायी। सबने जाम उठाये। फिर सभी ने हैप्पी बर्थडे गीत गया।

छोटी पतली मोमबत्तियों का मोम केक पर फैल गया था। इससे स्वाद थोड़ा अजीब लग रहा था। इस काण्ड के बीच में एक लम्बी मोमबत्ती जलती रही।

"मैं थक गयी हूँ," रोज़िंका ने काँपते हुए कहा। "शुभ रात्रि, प्यारे दोस्तो!"

मुझे डर का अनुभव महसूस हुआ। वे बुज़ुर्ग थीं। वे कमज़ोर थीं। मैं उन्हें कभी जाने देना नहीं चाहती थी।

अब वर्षा रुक गयी थी, और सूरज की रोशनी फिर से निकल आयी थी। नन्दा देवी और चौखम्बा और पंचोली की शाश्वत बर्फ़ ने हमारे ऊपर मुस्कान बिखेर दी थी।

हवा में कई तरह की महक व्याप्त है, पत्तों की और फूलों की, बारिश और पुराने झाड़-पत्तों की। यह नवीकरण नहीं, बल्कि पुनर्जीवन है।

और फिर यह भी गुज़र जायेगा, और इस मौसम का तार चक्र फिर से आरम्भ होकर अपने आप को क़ायम करेगा। पोइनसेटिया के पौधे खिल जायेंगे, और फिर बुरांस का वृक्ष निखर आयेगा। गर्मियों के साथ शहतूत, काफल और स्ट्रॉबेरी का आगमन होगा।

अध्ययन-कक्ष की नम किताबों की अलमारी में मुझे रूडयार्ड किपलिंग के पहले संस्करणवाली किताबों की एक पंक्ति मिली। ये सचमुच बहुत क़ीमती होंगी। मैंने इन्हें सूखने के लिए बाहर रख दिया है, जिससे आवरण के बीचोबीच पड़े कीड़े जो घर बनाये बैठे थे, वे फड़फड़ाने लगे।

किपलिंग को पढ़ने का दौर नहीं रहा है, लेकिन मुझे सदैव इसकी कुछ पंक्तियाँ बेहद प्यारी लगती हैं। वे कुछ इस प्रकार हैं :

> *...and the last puff of the day brought from the unseen villages the scent of damp wood-smoke, hot cakes, dripping undergrowth, and rotting pine cones. That is the true smell of the Himalayas, and once it creeps into the blood of a man, that man will at the last, forgetting all else, return to the hills to die.*

यह लम्बी ठण्डी शीत ऋतु होगी। लेकिन हम सभी अपना काम जारी रखेंगे। मैं, हम, ये पर्वत।

❑❑